暴虎の牙　上

JN100169

角川文庫
23495

目次

登場人物相関図

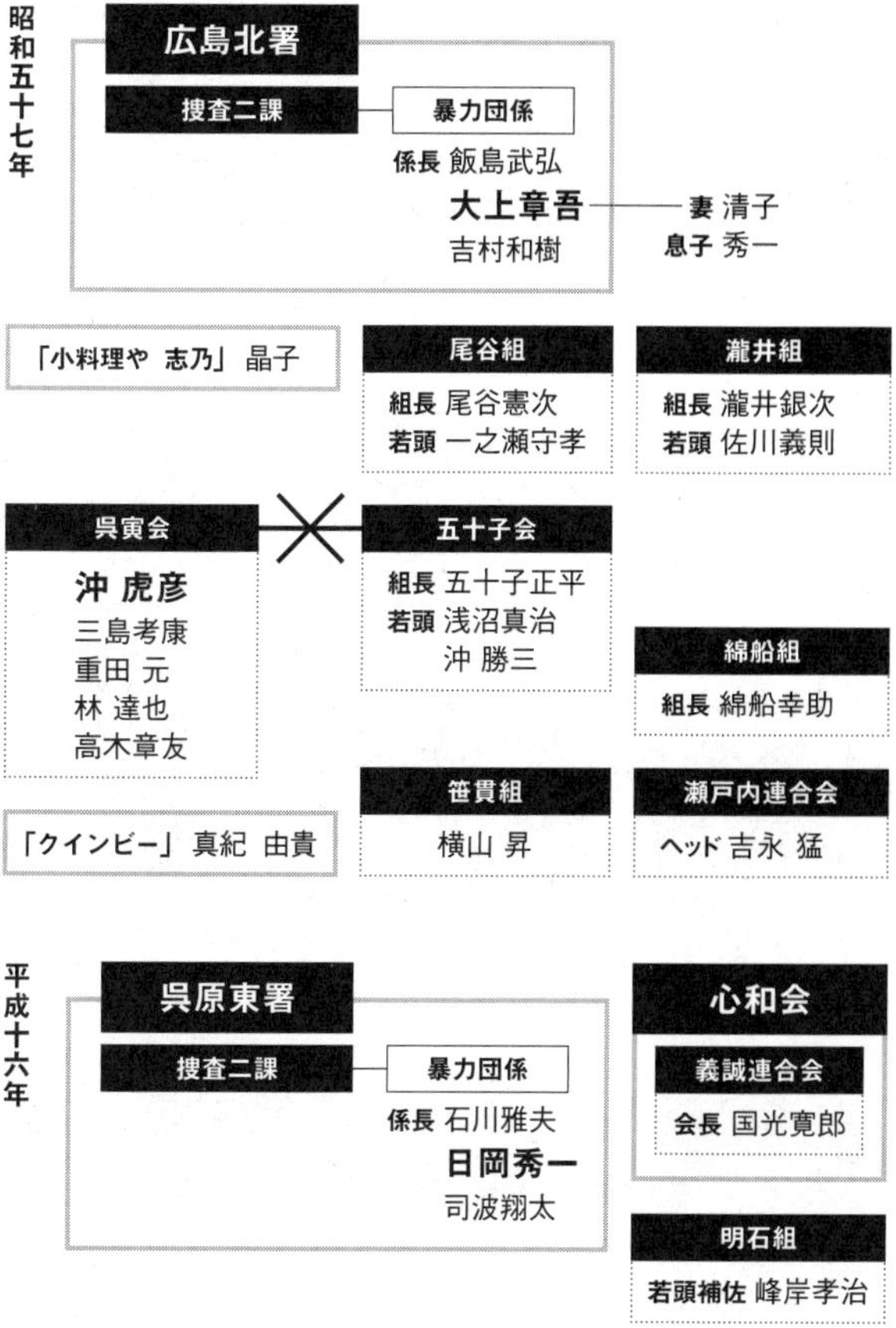
昭和五十七年
広島北署
捜査二課
暴力団係
係長 飯島武弘
大上章吾
吉村和樹
妻 清子
息子 秀一
「小料理や 志乃」 晶子
尾谷組
組長 尾谷憲次
若頭 一之瀬守孝
瀧井組
組長 瀧井銀次
若頭 佐川義則
呉寅会
沖 虎彦
三島考康
重田 元
林 達也
高木章友
五十子会
組長 五十子正平
若頭 浅沼真治
沖 勝三
綿船組
組長 綿船幸助
「クインビー」 真紀 由貴
笹貫組
横山 昇
瀬戸内連合会
ヘッド 吉永 猛
平成十六年
呉原東署
捜査二課
暴力団係
係長 石川雅夫
日岡秀一
司波翔太
心和会
義誠連合会
会長 国光寛郎
明石組
若頭補佐 峰岸孝治

プロローグ

雨が降っている。

勢いは強く、氷のように冷たい。

空にはなにもない。真っ暗な闇があるだけだ。

濡《ぬ》れた朽葉が敷き詰められた山道を登りながら、ひとりの少年が恐る恐る声を出す。

「もうこの辺で、ええんじゃないかのう」

この寒空に、青シャツ一枚という出で立ちのせいか、雨に打たれたせいか、怯《おび》えのせいなのか、声が震えている。

隣にいた少年が、青シャツに同意する。

「おお、ここまでくりゃァ、誰もこんじゃろう」

そう言った少年は、ジャンパーを羽織っている。背に龍がいた。

「のう、どうじゃろうのう!」

龍が、前を歩いている少年に向かって叫ぶ。

少年は、同じ年回りの三人のなかで一番背が高く、すでに大人の体軀《たいく》と言っていい。訊《たず》ねられて足を止めると、被《かぶ》っていた野球帽の鍔《つば》を後ろに回した。手にしていた懐中電灯であたりを照らす。

丸い輪のなかで、地面に叩《たた》きつける雨粒が光った。

人里から離れた山中は、樹木が密集して鬱蒼《うっそう》としていた。樹々は、我が物顔で四方に枝を伸ばしている。人が入り込んだ形跡はない。川からも離れている。狩猟者もこのあたりにはこないだろう。

野球帽が、後ろのふたりを振り返った。

「ああ、ええじゃろう」

青シャツと龍は、ほっとしたような顔をした。

肩で息をしながら、三人は自分たちが運んできたものを見た。

三人の中心には、錆《さ》びたリヤカーがあった。荷台には、筵《むしろ》が掛けられている。泥や汚れ、どす黒い染みがついていた。

三人はリヤカーを運びながら、山を登った。野球帽が前でハンドルを引き、青シャツと龍が、後ろから押した。

道らしい道がない斜面を登るのは、ただでさえ難儀だ。加えて今夜は、あいにくの雨だった。地面はぬかるみ、リヤカーのタイヤが泥にはまった。そのたびに三人は、持ってきたスコップで泥からタイヤを掻《か》き出し、前に進んだ。

野球帽が、手にしていた懐中電灯を足元に置いた。荷台の隅にある、泥だらけのスコップを握る。

「ここにする」

野球帽はスコップの先端で、懐中電灯が照らす地面を指した。

青シャツと龍は、意思の確認をするように、互いの顔を見る。

野球帽が持っていたスコップを後ろに大きく引き、勢いをつけて地面に突き刺した。スコップが土にめり込む音に、青シャツと龍が身体をびくりと震わせる。

地面から土を掻き出しながら、野球帽が命じた。

「なにをしとるんなら。さっさと手伝わんかい。もたもたしとったら、夜が明けてまうど」

言われたふたりは、慌てて自分たちもスコップを握り、同じ場所を掘りはじめた。

野球帽が手を止めたのは、穴を掘りはじめてから三十分が過ぎたころだった。

「はあ、ええじゃろう」

曲げていた背を伸ばし、額を流れる汗とも雨ともつかない水滴を手の甲で拭《ぬぐ》う。

青シャツと龍も手を止めた。三人とも、息があがっている。

野球帽は地面に置いた懐中電灯を持つと、穴を照らした。かなり深い。

青シャツが穴を覗《のぞ》き込む。

「だいぶ掘ったのぅ」

龍はいまだ雨が降り続く空と、地面の穴を交互に見た。

「急がんと、埋まってまうで」

穴の底に泥水がたまっている。

「持っとれ」

野球帽は手にしていた懐中電灯を龍に渡すと、リヤカーへ向かった。

荷台の横に立ち、上から見下ろす。

野球帽が筵に手を伸ばしたとき、雨音に交じり呻《うめ》き声がした。苦し気な声は、筵の下から聞こえた。

青シャツが女のような悲鳴をあげて、腰を抜かした。

野球帽が、苦々しい顔をする。

龍が舌打ちをくれ、野球帽のそばにやってきた。

「あれだけやったのに、まだ生きとるんか」

野球帽が、筵を剝《は》がした。

半分ほど捲《めく》れた筵の下に、男がいた。

顔は原形がわからないほど腫《は》れあがり、血だらけだった。黒いシャツの下も、おそらく同じだ。

男の紫色の唇から、声にならない声が漏れる。

龍が野球帽をちらりと見た。

野球帽はなにも言わない。ズボンのポケットから煙草を出すと、安物のジッポーで火をつけた。煙草の火が雨に濡れ、じじ、と音をたてる。顔色ひとつ変えない。

龍は男に目を戻すと、スコップを頭の上に掲げた。

「なにか言いたいことがあるんじゃったら、あの世で閻魔《えんま》様に言うてくれや」

淡々とした声でそう言うと、龍はスコップを思い切り振り下ろした。

スコップの縁《ふち》が、男の肩にめり込む。

呻き声が悲鳴に変わる。

龍が、ほう、とつぶやく。

「まだ、そがあな声を出す力があったんか。腐っても鯛《たい》。腐っても極道。ほんましぶといのう。さっさとくたばらんかい」

龍は再びスコップで、男を殴りつけた。

スコップが振り下ろされるたびに、龍の身体が返り血で染まる。

青シャツは地面に尻をついたまま、泣きそうな顔で龍を見ている。

龍の息があがった。スコップを持っている腕をだらりと下げて、地面に唾《つば》を吐く。

「早《はよ》うくたばってくれんかのう。わしゃあ昨日ろくに寝とらんけ、もう帰って寝たいんじゃ」

呻き声が止む。男の閉じた瞼《まぶた》と唇は微《かす》かに震えていた。

雨で火が消えた煙草を、野球帽が指で弾《はじ》いた。後ろから龍の肩を摑《つか》む。

「どいとれ」

龍を後ろに押しやり、自分が前に立つ。

野球帽は絞れるほど濡れているシャツの腹を捲《まく》った。ズボンに拳銃《けんじゅう》が差し込まれていた。取り出し、男に銃口を向ける。

龍が驚いた様子で訊ねる。

「それ、どうしたんの」

野球帽は答えない。

腰を抜かしている青シャツの顔から血の気が引く。

野球帽は股《また》を割り拳銃を両手で構えると、引鉄《ひきがね》に指をかけた。

「さっさと死にさらせ！　こん外道《げどう》！」

雨の山中に、銃声が響く。

一発、二発、三発――。

銃声のたびに、男の体が跳ねる。

青シャツは頭を抱えて、地面に蹲《うずくま》った。

四発目の銃声が夜気に消えて、あたりに静けさが戻った。

龍が男に顔を近づけて様子を見る。息をしていない。野球帽に顔を向けて、肯《うなず》く。

野球帽は大きく息を吐くと、拳銃を握っている手をだらりと垂らした。

「最期まで手こずらせやがって」

龍は拳銃に顔を近づけた。

「誰のもんよ」

野球帽は拳銃を顔の高さに持ってくると、男に顎《あご》をしゃくった。

「こいつが持っとったもんじゃ。たったいま、親父の形見になったがのう」

野球帽は拳銃を腹に戻すと、青シャツのそばに行き、背後から襟ぐりを掴んだ。

「ほれ、まだ仕事は終わっとらんど。とっとと埋めて、山ァ下るぞ」

青シャツは泣きじゃくりながら、野球帽を見た。

龍が死んだ男を、リヤカーの荷台から下ろす。野球帽が右足、龍が左足を持ち、男を穴まで引きずっていく。

死体を穴に落とすと、スコップで上から土を被せはじめた。

地面に座り込んでいた青シャツも立ち上がり、ふたりのあとに続く。
三人は黙々と、穴を埋める。
闇のなかで、なにかが羽ばたいた。

一章

――昭和五十七年六月。

沖虎彦《おきとらひこ》は、詰めていた息を吐いた。

つけているマスクのなかに、煙草の臭いが籠《こも》る。

プレハブの裏口に身を潜めて、一時間が経つ。すでにニコチンが切れていた。無性に煙草を吸いたい。しかし、必死に耐える。暗闇に灯《とも》る煙草の火で、相手に自分たちが潜んでいることがばれる可能性があるからだ。

沖の隣にいた三島考康《みしまたかやす》が、沖より先に音をあげた。つけていたマスクを乱暴に外し、羽織っている龍のジャンパーのポケットから煙草を出す。

マッチで火をつけようとする三島の手を、沖が摑《つか》んだ。

「みっちゃん、辛抱や」

小声で釘《くぎ》を刺す。

ニコチンが切れて苛立《いらだ》っているのだろう。普段は逆らうことがない三島が、めずらしく言い返した。

「沖ちゃんも吸いたいんじゃろ。いったい、いつまでこうしていりゃあええんなら」

沖は地面にしゃがんだままの姿勢で、腕時計を見る。金無垢《むく》のスイス時計だ。ひと月前に、金貸しの社長を裏路地で脅し、奪ったものだ。本物かどうかはわからない。見栄えがいいからつけている。

まもなく、日付が変わって三十分になる。

三島の隣にいる重田《しげた》元《げん》が、口を挟んだ。

「そろそろじゃあなあかのぅ」

元はもともと声が小さい。それでなくても聞き取りづらい声が、マスク越しだとなおさら聞こえにくかった。

いつもなら腹も立たないのだが、いまは元の弱々しい口調が癇《かん》に障った。三島に負けず、沖もニコチン切れで苛立っていた。

沖は手にしていた鉄パイプの先を、元に向けた。

「元よ。これから殴り込むいうときに、やる気がのうなるような情けない声出すな。ほんまわりゃァ、昔からかわらんのぅ」

三人が身を潜めている平屋は、広島に暖簾《のれん》を出す老舗《しにせ》組織、綿船《わたふね》組が仕切っている賭場《とば》だった。毎月、第二、第四日曜日に常盆《じょうぼん》を開く。特に第四日曜日の今夜は、ひと月分のあがりが動く。

綿船組は広島博徒《ばくと》の草分けで、組員はおよそ二百人いる。広島市内にいくつかの賭場を持っているが、なかでも今夜、沖たちが襲撃を目論《もくろ》んでいる那可川《なかがわ》沿いの賭場は、金貸しや質屋の旦那《だんな》衆が集まり、一番大きな場が立つ。動く金も桁《けた》違いだ。胴元が用意している回銭だけで、一本――一千万はくだらない。三人は、賭場に集まる金を横からかっさらう算段を立てていた。

元が泣きそうな顔で笑う。

「金がしこたま手に入ったら、なにに使おうかのう」

元は痩《や》せていて顔色が悪い。病人みたいな人相は欲とおよそ無縁のように思えるが、実は三人のなかで一番欲深い。元を見ていると、人間、見た目では判断がつかん、と沖は思う。

三島が貧乏ゆすりをしながら、手にしている野球バットを強く握る。

「そろそろ、えんじゃなあの。ひと雨きそうじゃし」

沖は上を見た。雲が垂れ込め、星ひとつ見えない。湿気を含んだ風が、次第に強くなってきた。

沖はいま一度、腕時計を見た。

深夜一時。

膝《ひざ》を立て、地面から立ち上がり、三島と元を交互に見る。

「部屋がどこにあるかは、わかっとるな。こっから入って、台所を抜けた先じゃ」

平屋のなかの造りは、賭場に出入りしている金貸しの若旦那から聞き出した。

「まっすぐ行きゃあええってことじゃろ?」

元が幼稚園児のような聞き方をする。

沖と三島は今年で二十歳になる。元はひとつ下だ。元の幼さは、年齢の違いだけではない。ちょっとトロ臭いところは、昔からだった。

沖の代わりに、三島が答える。

「そのとおりじゃが、勢い余って建物突き抜けんとけよ」

からかわれた元は、三島を睨《にら》んだ。

「みっちゃんはいつもそがあしてわしを馬鹿にするが、ヘタうったことは一度もないじゃろう」

元は手にしている刃渡り三十センチほどの出刃包丁で空を切った。

沖はマスクをつけ直し、鉄パイプを肩に担いだ。

首をぐるりと回す。

「行くど」

沖の言葉を合図に、三島は野球バットを振り上げた。

「おらあ！」

雄たけびと同時に、バットを玄関口に振り下ろす。

ベニヤ板を少し厚くしただけの古い引き戸は、なんなく壊れた。

三島が戸を蹴破《けやぶ》り、なかに飛び込む。

元が続き、そのあとを沖が追う。

見張り《シキテン》の若者が、三島を止めようと飛び掛かった。綿船組の若い衆だろう。

三島は男の脇腹を野球バットで殴りつけた。

渾身《こんしん》の力を込めた一振り——男が吹っ飛ぶ。壁に背を打ち、気を失った。

異変に気付いた男たちが、喚《わめ》きながら奥から飛び出してくる。

「なんじゃおどれら！　どこの者じゃ！　ここがどがあな所か、わかっとるんか！」

ダボシャツ姿の男が、巻き舌で叫ぶ。肝《きも》の据わった声だ。下っ端ではない。おそらく兄貴分だろう。

三人の一番後ろにいる沖は、腹の底から声を発した。

「わかっとるけん、来たんじゃ！」

「なんじゃと、このくそガキ！」

言うやいなや、ダボシャツが腹巻に手を入れた。

拳銃《ハジキ》だ。

ダボシャツが腹巻から手を抜くより早く、元が出刃包丁で斬りつけた。

二の腕が切れ、血が飛び散る。

ダボシャツが悲鳴をあげながら、拳銃《けんじゅう》を取り出す。

その手を、沖は鉄パイプで殴りつけた。

ダボシャツの膝が落ちる。

床に落ちた拳銃を素早く拾った。

血相を変えて挑みかかる男たちをなぎ払い、三人は奥へ進んだ。

流しだけの狭い台所を抜けると、床張りの部屋に出た。

堅気《かたぎ》と思《おぼ》しき男たちが二十人ほどいた。突然の出来事に、誰もが驚きのあまり動けずにいる。

向かい合う形で、賭場の貸元らしき男がいた。両側にいる男たちを含めて、ひと目でヤクザとわかる人相をしている。

男たちの中心には、白い布が掛けられている場があった。その上に花札と、万札を十枚ずつ束ねたズクがある。

貸元の両側に控える男たちが立ち上がった。

「なんじゃ、われ！」

沖はなにも言わず、手にしていた鉄パイプで、そばにいた合力の頭を殴りつけた。

白い布に、血が飛び散る。男は床に真横に倒れると、そのまま動かなくなった。

なんの躊躇《ためら》いもなく男の頭をかち割った沖に、周囲が息を呑《の》む。

天井に向けて一発、銃を撃った。

叫ぶ。

「大人しゅうせいや。命まではとらんけん！」

背広姿の男が、懐《ふところ》から武器《どうぐ》を取り出す気配を見せる。

躊躇《ちゅうちょ》なく腹を撃った。

男が着ている白シャツの腹が、血で赤く染まる。そのまま崩れ落ちた。

ヤクザたちが後ずさる。

沖はヤクザなど怖くなかった。ヤクザは臆病者《おくびょうもの》だ。自分が弱いから、さらに弱い者を痛めつける。バッジを外せば、ただの腰抜けだ。親父がヤクザだったから、よく知っている。

「命が惜しい奴はこっから出ていけ！　残るやつは皆殺しじゃ！」

沖がそう叫ぶと、素人と思われる旦那衆は、我先に逃げ出した。

沖は三島に拳銃を渡し、声を張った。

「よーう見張っとれよ。動くもんがおったら、構わんけんぶち殺せ」

組員たちが固まったように動きを止める。

沖は部屋の隅にある小型の金庫へ走った。

蓋《ふた》が開いている金庫のなかには、万札の束がごっそり入っていた。ざっと見ても、一千万はくだらない。

勢いよく蓋を閉めると、沖は金庫を担いだ。

「おう、引き揚げるぞ！」

元と三島が沖のそばへ駆け寄り、拳銃で威嚇《いかく》する。

子分に囲まれた貸元が、沖に向かって吠《ほ》えた。

「こんガキ！　こがあなことして、ただで済むと思うちょるんか！」

沖は金庫を抱きながら、凄《すご》んだ。

「ただで済まんいうんじゃったら、どうするいうんの」

負ける気がしなかった。いまここに、綿船組の組員全員が駆け込んできても、勝てる自信があった。

気迫が伝わったのだろう。相手が一瞬ひるんだ。

その隙を、沖は見逃さなかった。

「逃げえ！」

沖が叫ぶ。

三人は男たちに背を向けて、全速力で表に出た。

プレハブの横道に停めていた車に乗り込む。

運転席に乗り込んだ三島が、エンジンをかけてアクセルを踏んだ。

タイヤが悲鳴をあげて、車が走り出す。

パンパン、という乾いた拳銃の音が、背後から聞こえた。

バックドアのガラスに罅《ひび》が入った。

後部座席に乗り込んだ元と沖が、身を丸める。

三島はアクセルを緩めない。頭を屈《かが》めた姿勢で、車を走らせる。

三つ目の角を右に曲がり、すぐ左に折れる。

やがてあたりは静かになった。

猛スピードで走る車のエンジン音だけが、闇に響いた。


店内に流れる曲がテンダリーに変わった。

ジャズのスタンダードだ。

喫茶店「ブルー」には、いつもジャズの有線がかかっている。ここのマスターは、かつてバンドマンだったと聞く。本人はなにも言わないが、まわりから聞こえてくる話では、かなりの腕のトランペッターだったらしい。

壁のいたるところに、ジャズライブのポスターが貼られている。

目の前で広げている新聞を、少しだけ下ろす。サングラス越しに、少し離れた場所にあるテーブルに目を凝らした。

テーブルには六人の男が座っていた。

こちらに背を向けて座っている三人は、綿船組の二次団体、笹貫《ささぬき》組の関係者だ。真ん中に幹部の横山昇《よこやまのぼる》、その左側に舎弟の田島和樹《たじまかずき》がいる。

横山の右側には、横山と田島より、かなり年上の男がいた。横山と田島は細身ではない。むしろ、肩幅が広く恰幅《かっぷく》はいい方だ。だが、贅肉《ぜいにく》をたっぷり身体に纏《まと》っている男の隣にいるせいで、貧弱に見える。

横山たちと向かい合う形で、三人の男が座っていた。

こいつらは横山たちよりもかなり若い。おそらく三人とも二十歳そこそこだろう。男というより青年と呼ぶ方がしっくりくる年代だ。しかし三人は、青年という言葉が持つ爽《さわ》やかさからかけ離れていた。

レイバンのサングラスをかけて、椅子にふんぞり返っている男がたぶん兄貴分だ。一番態度がでかい。その右隣にいる座高が高い男は、胸に龍の刺繍《ししゅう》が施されたスカジャンを羽織っている。左隣には、ふたりをひとまわり小さくしたような、細身の男がいた。色がすっかり抜けたデニムシャツを着ている。

この店の看板メニューであるナポリタンを食べて、昼飯のあとの一服をしていると、こいつらがやってきた。

この店にいるときは、一番奥のテーブルに——ドアに対面する椅子に座ると決めている。ここからだと、店に入ってくるやつの顔がよく見えるからだ。

最初にやってきたのは、若い三人組だ。いまから三十分ほど前だった。

極道の顔は、先代の組長から組が飼っているチンピラまで頭に入っている。三人の身なりや言葉遣いはチンピラそのものだったが、顔に覚えがなかった。

若い三人が椅子に腰を下ろして十五分後、横山たちがやってきた。

横山と田島の顔は知っていた。一緒に入ってきた豚はわからない。堅気なのだろうが、横山と田島と親し気にしているところから、組とまったく縁がないわけではないことが窺《うかが》えた。

横山たちは若い三人の向かいに腰を下ろした。

ひとつのテーブルを囲む六人の男たちからは、ただならない殺気が漂っていた。このあと、明らかになにかが起こる。

面白いところに居合わせた——そう思い、様子を窺った。

六人分のコーヒーが揃うと、待ちかねていたように龍が口を開いた。

豚に向かって、顎《あご》をしゃくる。

「のう、森岡《もりおか》さん。わしら、あんたに用があるんじゃ。こいつらなんね」

森岡と呼ばれた男が、精一杯虚勢を張った声で言い返す。

「そういうお前らも、ひとりじゃないじゃろうが。お互い様じゃ」

龍は馬鹿にしたように鼻で笑った。

「まあええわい。わしはあんたから銭がもらえりゃあそれでええんじゃ」

「なんのことじゃ」

森岡が突っぱねる。

龍の顔から笑みが消えた。

「あんた、キラキラのチェリー知っとろうが。あんたがここんとこ入れあげとる女よ」

「キラキラ」というのは、流通《ながれ》りにある大箱のキャバレーだ。チェリーとはそこにいるホステスだろう。

レイバンの隣にいるデニムシャツが、凄みを利かせる。

「あんた、そのチェリーちゅう子に十万の売り掛けが残っとるじゃろ。わしら、その回収を頼まれたんじゃ」

デニムシャツが言い放った言葉に、耳を澄ます。

流通りは、広島に古くから暖簾を掲げる綿船組のシマだ。

笹貫組が絡んできた理由を推察できた。

森岡が肩を怒らせる。

「何を言うとるんなら。ありゃァ、ぼったくりじゃ。なんべんホテル誘うても袖《そで》にしくさって。あんな糞女《くそあま》に、払う義理はないわい！　それを言うに事欠いて十万とはなんじゃい。せいぜい溜《た》まっちょっても二、三万じゃ」

森岡が一気にまくし立てる。

龍はデニムシャツを見た。

「おう、あれ出せや」

デニムシャツは胸ポケットから紙を取り出し、テーブルの上に置いた。

森岡は紙を乱暴に取り上げると、顔につくほど近づけた。離れた場所からでも肩が落ちるのがわかる。

龍が、割った膝に腕を置き、斜めに森岡を睨んだ。

「のう、森岡さん。それがなにか、あんたにもわかるじゃろう。債権回収の委任状じゃ」

龍はジャンパーの懐から煙草を取り出すと、なかから抜き出し先端を委任状に向けた。

「ほれ、よう見てみ。そこに十万円、いうて書いてあるじゃろう」

店のマッチで煙草に火をつける。マッチを振って火を消すと、灰皿に投げ捨てた。

「わしら、ガキの使いじゃないけん、びた一文まけるわけにはいかんのよ」

森岡は委任状をテーブルに放ると、腕を組んでそっぽを向いた。

「ガキのくせに、ガキの使いじゃないとは片腹痛いわ」

「なにい！」

デニムシャツが、怒鳴った。

「わしらがガキじゃったら、こんなはなんじゃい！　女の尻《しり》追いかけまわしとる豚野郎じゃなあか！」

若いくせに、喧嘩《けんか》のやり方を知っている。

兄貴分は重石《おもし》のように語らず、下っ端が用件を語り、鉄砲玉の役割をする。一朝一夕で身に付くものではない。

森岡の隣に座る田島が、椅子から立ち上がった。

「おう、黙っとったらええ気になりやがって！　ええ加減にせえよ、糞ガキ！　わしらを誰じゃ思うとるんなら！」

田島が黒シャツの袖を捲《まく》る。

腕に牡丹《ぼたん》が咲いていた。

デニムシャツは怯《ひる》まない。勢いよく立ち上がり、田島に顔を突き合わせる。

「ヤクザがいびせいて、飯が食えるかい！」

いびせいとは呉原《くれはら》地方の方言で、怖いという意味だ。あのあたりの出身だろうか。

「ほう、じゃったら、われ――」

田島が懐からなにか取り出した。

パチンと音がして、手にしたものが光る。バタフライナイフだ。

田島はナイフをテーブルに突き立てた。

「ほんまに飯が食えんような身体にしちゃろうか！」

武器《えもの》には、さすがにデニムシャツも驚いたのか、腰を引く。

店のなかが、シンと静まり返る。

沈黙を破ったのは、横山だった。

田島のシャツの袖を摑み、椅子に座らせる。それに合わせるように、デニムシャツも椅子に尻を戻した。

「まあ、落ち着けや」

横山は咳払《せきばら》いをひとつくれると、首を傾げるようにして、レイバンを見た。

「のう。ここにおられる森岡さんは、うちの組長《おやじ》の同級生じゃ。こん人に喧嘩売るいうんは、笹貫組に喧嘩売るんと同じことで。どこの者か知らんが、のう、怪我せんうちに、黙って帰れや」

横山が委任状に手を伸ばす。

「この委任状じゃがの、こっちで処分させてもらうで。これで、今回のことは見逃しちゃる。とっとと出ていけ」

横山が委任状を縦に破ろうとしたとき、それまでひと言も言わずに黙っていたレイバンが口を開いた。

「のう」

五人の目が、レイバンに集まる。

「それ、ほんまもんか」

レイバンは、横山の手首を見ていた。

「なんじゃと、われ」

話の流れが摑めないのだろう。横山が聞き返す。

レイバンは顎で横山の腕を指した。

「あんたがつけとるん、ローレックスっちゅうやつじゃろう。ほんまもんか」

横山が、自分の目で腕時計を確かめる。肩越しに見えたのは、ひと目でわかる金無垢のそれで、インデックスには石が光っていた。

横山は呆《あき》れたように、言い方を訂正した。

「ローレックスやない、ロレックスや。それがどうしたいうんなら」

「わしに、貸してくれんかのう」

「なんじゃと？」

横山が素《す》っ頓狂《とんきょう》な声をあげる。

レイバンは、ロレックスが巻かれている横山の腕を、テーブルの向こうから摑んだ。

かなりの力だったのだろう。横山が悲鳴をあげる。

「あだだだだ！」

慌てて田島がレイバンの手を摑む。

「なにするんなら、おどれ！　兄貴から手ェ離さんかい！」

レイバンの手はびくともしない。摑んだまま、横山の手首を引き寄せる。

「やっぱり、ええ時計じゃ。はじめて見たときから、気に入っとったんじゃ。これ、わしにくれや。ええじゃろう」

子供がおもちゃをねだるような口調だ。

馬鹿にされたと思ったのだろう。横山が上着をはしょり、ベルトの後ろに手を差し込んだ。

「わりゃァ、おちょくるんもええ加減にせいよ！」

拳銃を出す気だ。

新聞をテーブルに投げ出すと、声を張った。

「昇！」

六人の男たちが、こちらを一斉に見る。

かけていたサングラスを外し、横山を睨む。

「そのへんにしとけ。聞けんいうんじゃったら、銃刀法違反で引っ張るど」

横山は呆然《ぼうぜん》とした顔で、名を呼んだ。

「ガミさん……」

大上章吾《おおがみしょうご》は、新聞をテーブルに置き、立ち上がった。

横山の背後に近づき、顔を覗き込む。

「さっきから見とったが、なんじゃ、えろう面白そうな話しとるじゃないの」

横山が一瞬、驚いたように口を開き、目を丸くした。が、すぐさま視線を落とし、まずい人間に出くわしたとでも言いたげに、苦々しい顔で自分の靴先を見詰める。田島も唇を歪《ゆが》め、面を伏せる。堅気の森岡は大上が広島北署二課——暴力団係の刑事だと知らないらしい。いきなり話に割り込んできた男をまじまじと見ている。

大上は横山と田島のあいだに後ろから肩を割り込ませ、テーブルを囲んでいる男たちを見回した。

「こんならゴチャゴチャ言うとったが、なんぞあったんか」

横山が視線を上げ、不貞腐《ふてくさ》れたように言葉を吐いた。

「なんでもないっすよ。ちいと仕事のことで話しとっただけですけ」

さっさと立ち去れ、と言わんばかりのぶっきらぼうな言い方だ。

横山と田島は笹貫組組員で、森岡は組長の笹貫の同級生。三人の素性はわかっている。

問題はこいつらだ。

大上はテーブルを挟んで座っている三人の若者を見た。

特に、真ん中に座っているレイバン。まだこの若さで、極道相手に対等に渡り合う太々《ふてぶて》しさは、大上の興味を惹《ひ》いた。

レイバンは、ズボンのポケットに手を突っ込んだまま、サングラスの奥から大上を見据えている。大上の出方を窺っているのか、ぴくりとも動かない。

カマをかけた。

「なんじゃ、困っとるようじゃないの。なんなら、わしがあいだに入ってやってもええど」

レイバンは、ゆっくりとサングラスを外した。

下から大上を見据える。

どこまでも暗く、冷徹で、目の奥には触れたらただでは済まない蒼《あお》い炎があるのを感じる。

大上は薄く口角を上げた。

前に回り、田島を身体で押しのけると、椅子に腰を下ろした。席を取られた田島が、仕方なくテーブルの脇に立つ。

　大上はカウンターの奥に向かい、声を張った。

「マスター、新しいコーヒーくれや」

　いきなりやってきて場を仕切る男に、龍がいきり立った声で唾《つば》を飛ばす。

「なんじゃ、おっさん。図々《ずうずう》しいのう。わしらは忙しいんじゃ。さっさと去《い》ねや」

　田島が舌打ちをくれる。つぶやくように言った。

「やめい。お前らがそがあな口利いてええ相手じゃない」

　龍の目に戸惑いの色が浮かぶ。レイバンを見た。

　レイバンは椅子の背にもたれたまま、静かに訊《たず》ねた。

「おっさん、誰の？」

　唇を窄《すぼ》め、笑みを浮かべる。

「わしかあ？　わしァただの通りすがりじゃ」

　レイバンが顔を近づける。

「じゃったらわれ、引っ込んどらんかい」

　低いが、凄みのある声だ。

「やめとけ」

　横山が呆れたように、顔を上げ天井を見た。

「こん人は、二課の刑事さんじゃ」

レイバンの横に座るデニムシャツが、目を見開いた。新しいおもちゃでも見つけたように、嬉々《きき》として仲間を見やる。

「おい、マル暴じゃと。マル暴の面《つら》は極道より極道らしい、いうて聞いとったが、ほんまじゃのう」

大上はテーブルの上にあった横山の煙草を、箱から抜き出し口に咥《くわ》えた。田島が懐からライターを取り出し、火をつける。

「お前ら、バッジつけとらんが、どこのもんじゃ」

「わしらかァ」

レイバンは薄ら笑いを口元に浮かべた。マル暴と聞いても動じる様子はない。

「わしらも、ただの通りすがりじゃ」

龍とデニムシャツが、両脇でくぐもった笑い声をあげる。

レイバンの挑発を聞き流し、大上は煙草の灰を灰皿に落とした。

「こんなら、広島のもんじゃなかろうが。呉原のチンピラか?」

レイバンが姿勢を戻し、ふん、と鼻をならす。

「どこのもんでもよかろうが。いま商談中じゃけ、邪魔せんとけ」

マスターがいつもどおり、愛想のない顔でコーヒーをテーブルに置く。砂糖を入れ、ひと口飲んだ。

煙草を根元まで吸い込み、大きく吐き出す。ゆっくりと灰皿で揉《も》み消した。

顔を上げる。それとわかるにやにや笑いを浮かべ、鼻から息を抜いた。

「ふん。商談中か……」

「おおよ。商談中よ」

小馬鹿にするように、デニムシャツが繰り返す。

真顔に戻る。一喝した。

「おどれらみとうなチンピラが、本職の極道に喧嘩売って、ただで済む思うちょるんか！」

店内の空気が一瞬で凍り付く。

レイバンが目を細めた。大上を睨む。ふたりの視線がぶつかった。

大上は声を落とし、諭すように言った。

「ここらは綿船のシマじゃけ、やり過ぎるとあっという間に太田川《おおたがわ》に浮かぶど。借金《キリ》取《ト》りごときで命張るこたァ、あるまあが」

それがどうした、とでも言うように、レイバンは無表情で煙草を咥えた。デニムシャツがすかさず、ダンヒルのライターで火をつける。

煙を吐き出しながらレイバンが言った。

「あんた、マル暴じゃないの。極道を取り締まるんが、仕事じゃないんか。こんならァ――」

顎で横山たちをなぞる。

「刃物《ヤッパ》と拳銃《ハジキ》持っちょるけん。点数稼ぐならええチャンスど」

そこいらの極道より遥《はる》かに弁《あご》が立つ。よほどの馬鹿か、腹が据わっているか。

大上は改めてレイバンを見た。

不遜《ふそん》な態度が男を大きく見せてはいるが、寝顔はまだあどけないのではないかと思わせるほどの若さだ。

大上は森岡を見やった。

「森岡さんじゃったかいのう。あんた、チェリーっちゅう娘に借金があるんじゃろ？」

急に話を向けられた森岡は、口ごもった。

「いや、そりゃあ、こいつらが言うとるだけで、わしァ別に……」

手で制し、話を遮る。

「御託はええ。借金があるんか、ないんか、それだけ答えんかい」

睨みつける。

森岡は唇を尖《とが》らせた。

「なんぼか、売り掛けが残っとるいうじゃったら、残っとるかもしれんが」

「じゃったら、きちっと詰めないや」

溜め息をつきながら、森岡は上着のポケットから長財布を取り出した。なかから万札を二枚取り出してテーブルに置く。

「これでええんじゃろ」

懐に財布をしまおうとする森岡を、龍が睨んだ。

「委任状をよう見いや。十万いうて書いてあろうが」

森岡が真っ赤な顔で怒鳴る。

「せいぜい、二、三万じゃ、言うとるじゃなあか！」

大上は、森岡がしまおうとする財布を取り上げた。

森岡が目を見開き、驚きの声を上げる。

「ちょ、ちょっとあんた、なにするんの！」

無視して、財布を覗き込む。なかには万札が十数枚入っていた。大上は財布から八万円引き抜くと、三万円をテーブルに放り、残りを自分のシャツの胸ポケットに入れた。

「なかを取って五万。これでケリつけないや」

森岡は血相を変えて、大上の胸ポケットを指さした。

「おい！　その、いま胸に入れたのはなんじゃ！　なんでこんなが金取るんじゃ！」

大上は胸ポケットを手で叩くと、にやりと笑った。

「こりゃァ仲裁料じゃ。安いもんじゃろう。揉めて弁護士でも雇うことになったら、こがあなもんじゃ済まんど」

大上はレイバンを見た。

「こんならもここいらで引きないや。五万で命拾いしたんじゃ。運がよかった思うての」

レイバンはしばらく大上を見ていたが、ふっと息を抜くと、テーブルの上の金を鷲《わし》摑《づか》みにしてズボンのポケットにねじ込んだ。

横山は音を立てて、椅子から立ち上がった。

「おう、行くど」

森岡と田島は、不服そうな顔をしながらも、横山の指示に従う。

横山はテーブルの上の伝票を手にすると、大上の前に叩きつけた。

「ここはあんたが持ってください。そっちの顔を立てたんじゃ。そんくらいええじゃろう」

横山たちはドアを乱暴に開けて、店を出ていった。

店が静かになる。

大上は冷めたコーヒーを飲みながら、レイバンに訊ねた。

「ところでまだ聞いとらんがよ、こんなら、どこの者ない」

レイバンは無言で椅子から立ち上がった。

龍が、レイバンを見上げる。

「沖ちゃん、行くんか」

沖？――眉根《まゆね》を寄せる。

レイバンがサングラスを外したとき、どこかで見た顔だと思った。それが誰か、龍の言葉で思い当たった。

沖勝三《おきかつぞう》。呉原市に暖簾を掲げる暴力団組織、五十子《いらこ》会の組員だった男だ。前に覚せい剤所持の容疑で引っ張ったことがある。そいつの若い頃に、よく似ている。

勝三は七年前、突如として姿を消したまま、いまだに行方がしれない。組関係者のあいだでは、五十子会と敵対する尾谷《おだに》組の組員にバラされたのではないか、と噂されたが、確証がないまま現在に至っている。

記憶が正しければ、当時、勝三は四十歳を過ぎたばかりで、中学生の息子と、小学校高学年の娘がいたはずだ。

レイバンが沖の息子だったとしたら、年頃も合う。なにより、薄い唇と尖った鼻梁《びりょう》、剣呑《けんのん》な目元が、ひどく似ていた。

大上はレイバンの背に訊ねた。声が険しくなる。

「こんなァ、もしかして沖の息子か」

歩きだしたレイバンの足が止まる。肩越しに振り返り、大上を睨んだ。敵意を含んだ目が、そうだ、と答えている。

表情を緩め、首を回した。

「まあ、呉原の所轄《しょかつ》に照会すりゃァ、わかるがよ」

レイバンは無言で前を向くと、ドアの取っ手に手をかけた。

「のう」

大上は三人を引き留めた。

レイバンは振り返らない。後ろにいる龍とデニムシャツが大上を見る。

大上は椅子に反り返り、カマをかけた。

「一年前に、綿船の賭場が荒らされたげな」

龍とデニムシャツが、ちらりと互いを見やった。

「荒らした奴らは、若い男の三人組じゃったいう話じゃ。こんならァ、知らんか」

ふたりの頬が微《かす》かに引き攣《つ》るのを、大上は見逃さなかった。

レイバンが振り返らずに答える。

「知らんのう」

そう言って、ドアを開ける。

「ここの支払いじゃが」

大上は声を張った。

「今日の分はわしが持っちゃる。じゃが、次から無銭飲食だきゃァ堪《こら》やァせんど」

レイバンが無視して店を出ていく。ふたりも後に続いた。

大上は目の前にある伝票を手にした。

――面白いやつに出会えた。

自然と、笑いが込み上げてくる。

支払いを済ませると、大上は店を出た。

二章

所轄《しょかつ》に戻った大上は、自席についた。

二課には捜査員の机が二十席ほどある。昼休みが終わったいま、その大半が埋まっていた。

大上は靴を脱ぐと、机に片足をあげて靴下を脱いだ。

ひと月近く切っていない足の爪は、鬼の爪のように伸びていた。

引き出しから爪切りを取り出し、親指に当てる。刃を慎重に指と爪のあいだに入れると、爪切りの持ち手に力を込める。パチンと、小気味よい音がした。

その音に、飯島武弘《いいじまたけひろ》が反応した。飯島は二課暴力団係の係長で、大上の直属の上司に当たる。

シマの上座から、飯島は不快な目で大上を見た。

無視して、爪を切り続ける。

普段から不機嫌そうに見える顔をさらに曇らせながらも、飯島はなにも言わず、読みかけの書類に視線を落とした。

心のなかで冷笑を浮かべた。

二課で面と向かって大上に小言を言えるのは、課長の塩原正夫《しおばらまさお》くらいだった。階級が同じ先輩の巡査部長や上司の警部補たちのスキャンダルは、ヤクザを通じてがっちり押さえてある。一年前に飯島が風俗の女と揉《も》めたとき、あいだに入って事を収めたのも大上だった。

両足の爪を切り終えた大上は、靴下と靴を穿《は》くと、卓上電話を引き寄せた。受話器をあげて、暗記している番号を回す。瀧井《たきい》組のものだ。

瀧井組は広島市に事務所を構える暴力団組織で、構成員は八十名を超える。組長の瀧井銀次《ぎんじ》とは学生時代からの付き合いで、広島ヤクザのなかでは、最も気心が知れた極道だった。

一回目のコールで、威勢のいい声が応《こた》えた。

「はい！　瀧井組！」

不必要なほどの大声に、見覚えのあるチンピラの顔が浮かんだ。丸坊主だったことは記憶にあるが、名前は憶《おぼ》えていない。

「わしじゃ。大上じゃ。チャンギンはおるか」

チャンギンとは、大上が瀧井を呼ぶときに使っている、学生時代からのあだ名だ。

電話番は慌てた様子で、乱暴な口調を改めた。

「へ、へい。親父さんは奥におってです」

広島のヤクザで、大上を知らない者はまずいない。

保留音が鳴り、ほどなく瀧井のだみ声が受話器を通して聞こえた。

「章《しょう》ちゃん。しばらくじゃの。元気でやっとったんか」

瀧井と会ったのはつい十日前だ。一週間以上、顔を見ないと、いつもこの台詞《せりふ》が出てくる。

「そっちこそ、まだ娑婆《しゃば》におったんか」

大上の揶揄《やゆ》に、受話器の向こうから鼻にかかった笑い声がした。

「まあの」

お定まりの挨拶《あいさつ》を交わすと、大上は小声で用件を切り出した。

「一年前の賭場《とば》荒らしの件、ちいと詳しゅう調べてくれんか」

大上に合わせて、瀧井も声を潜める。

「いま、どこな？」

「会社じゃ」

警察関係者が使う会社とは、自分の勤務先という意味だ。

「ほうか。じゃったら、あとで顔出してくれや」

壁掛け時計に目をやる。三時半。

「六時くらいに行くわい」

それだけ言うと、受話器を置いた。

日勤の通常勤務は八時半から五時半だ。だが大上は、昼ごろ署に顔を出し、なにもなければ五時半にはあがる。ヤクザは昼から動き回ったりしない。マル暴の仕事は夕方からが本番だった。

「ガミさん。今日はなんかあってですか」

隣に座る吉村和樹《よしむらかずき》が、欠伸《あくび》を嚙《か》み殺しながら声を掛ける。吉村は巡査長で大上の部下だ。広島北署に配属されて一年の男で、独身寮に住んでいる。

吉村は昨日、大上と一緒に午前三時近くまで飲んでいた。一昨日《おととい》は、二時までシャブ中の極道の住居《ヤサ》をともに張り込んでいた。二日続けての寝不足だ。

吉村は大上と違い、朝はきっちり時間を守って出勤している。欠伸が出そうになるのも仕方ない。

大上は固定電話を奥へ押しやりながら答えた。

「今日かァ。今日はなんにもないけえ、定時であがってええぞ」

吉村の目が輝く。

「ほんまですか。ありがとうございます」

懐《ふところ》から煙草を取り出し、口に咥《くわ》えた。吉村がすかさず、マッチを擦って火をかざした。

二課のケジメはヤクザと同じで、上司の命令は絶対だった。上が煙草を咥えれば、すぐ火や灰皿を用意するのが、下の者の務めだ。柔道や剣道をやっていた者がほとんどだから、体育会気質は骨の髄まで沁《し》み込んでいる。

刑事は普通、二人一組で行動する。だが大上は、単独で行動することが多かった。二課でアンタッチャブルな存在と認められているのは、上司のスキャンダルを握っているからだけではない。マル暴としての抜群の実績が、その立場を保持する支えになっている。

エスの数も然《しか》りだ。おそらく県下のマル暴で、大上ほど多くのエスを抱えている刑事はいないだろう。情報は堅気《かたぎ》からもヤクザからも入って来る。

エスというのはスパイの頭文字のSで、ある団体内部の情報提供者を指す。マル暴や公安の刑事の大半は独自のエスを飼っていて、同僚といえどもその存在を明かすことは避けるのが一般的だ。ことに大上の場合、商工会議所の有力者や組の幹部クラスの情報提供者を抱えているから、慎重のうえにも慎重を期する必要があった。

大上はもう一度固定電話を引き寄せると、受話器をあげた。呉原東署の多賀恒《たがひさし》に電話をかける。多賀はかつての部下で、マル暴歴は五年になる。

多賀への直通電話が繋《つな》がる。懐かしいキンキン声が電話に出た。

「はい、呉原東署二課」

「おう、大上じゃ。しばらくじゃのう」

多賀の甲高い声が、さらにあがった。

「ガミさん。元気でおってですか。相変わらず無茶しとるいう噂は、こっちのほうまで伝わってきとりますが」

褒めているのかその逆か。苦笑しながら大上は話を切り出した。

「ところでのう。こんなにちいと、調べてもらいたいことがあるんじゃ」

「なんでしょう」

うむ――そう言って大上は、あたりを気にしながら送話口を手で覆った。

「前に五十子会の組員で沖いうんがおってのう。七年前から行方不明になっとるんじゃが、その息子がいまどうしょうるか、知りたいんじゃ。歳はたぶん、二十歳前後じゃろうて」

多賀が怪訝《けげん》そうな声で訊《たず》ねる。

「なんぞ、あったんですか」

「いや、ちょっとのう」

多賀は電話口で少し沈黙したが、それ以上のことは訊《き》かなかった。

「ほうですか……。まあ、他ならんガミさんの頼みじゃ。調べてあとで電話しますけえ」

「ほうか。すまんのう」

電話を切って、再び煙草を咥える。タイミングを窺《うかが》っていたかのように、吉村が火をつけた。

多賀から連絡が入ったのは、電話を切ってから二時間後だった。

自席で電話を受けた大上は、礼もそこそこに答えを急《せ》かした。

「どうじゃった」

得意げな声が答える。

「沖の戸籍を役所に照会して調べました。ええ、息子がひとりおってです。名前は沖虎彦。現在二十一歳です。まあかなりの悪ガキですわ。十六歳のときに傷害で少年院に入っとります」

メモを見ながら話しているのか、紙を捲《めく》る音がする。

「戸籍に記載されている住所は呉原市安住町《あずみちょう》になっとります。その住所には虎彦の母親と妹が住んどりますが、本人は実家におらんようです。少年院を二年で出て、そのあと家には寄り付いちょらんようです」

「いまは住所不定っちゅうことか」

はい、と答えて、話を続ける。

「こいつがたいした玉で——呉寅会《くれとらかい》っちゅう名前、聞いたことありゃせんですか」

はじめて聞く名前だ。

一瞬、新しく立ち上がった暴力団組織かと思ったが、すぐにそれはないと打ち消した。そんなことがあれば、耳に入らないはずがない。

「いや、知らんのう」

多賀が説明する。

「二年前に、呉原の不良連中がつるんでできた愚連隊《ぐれんたい》です。できた頃は片手にも足らん人数だったらしいですが、いまは二十人を超えとるそうです。この愚連隊を束ねとる男が、ガミさんが探しとる沖虎彦ですわ」

多賀の話によると、沖は自ら会長と名乗っているわけではなく、沖のもとに集まってきた半端者が、勝手にそう呼んでいるらしい。

「さっき言うたように、こいつがまあ、無謀っちゅうか怖い者知らずっちゅうか、滅茶苦茶なやつで——」

沖は、義理だの仁義だのをせせら嗤《わら》うかのように、自分のやりたいことを押し通す。ヤクザや組織を、屁とも思っていない節がある。

「これはどこまで本当かわからんのですが、やつと揉めたヤクザが、何人か行方知れずになっとってですね。なんでも、扇山《おうぎやま》に埋められたんじゃないかっちゅう噂です」

扇山は裏街道の人間が死体を埋める山だ——というのが、呉原でのもっぱらの噂だった。

やつならやりかねない。

大上はそう思った。

実際、ここ十年のあいだで、事件や事故、自殺の判別がつかない遺体が三体発見されている。いずれも身元が判明せず、呉原市内の寺に、無縁仏として納められた。

多賀は重い溜《た》め息を吐く。

「そんな話があるもんじゃから、このあたりのヤクザも、やつには簡単に手を出せないっちゅうことです。しかも、やつのもとにはどんどん人が集まってきとる。筋も糞《くそ》もあったもんじゃないけ、なにをしでかすかわからん。場合によっては、極道より質《たち》が悪い」

喫茶店での沖の態度を思い出し、大上は得心した。ヤクザや刑事に一歩も引かず、逆に挑んでくる性根の据わり方は、人を恐れさせる一方で、不良たちを強烈に惹《ひ》きつけるだろう。

やっぱり——大上は小さく笑った。

「面白いやっちゃのう」

多賀の不機嫌な声がした。

「他人事《ひとごと》じゃ思うて、面白がらんでください。こっちはいつ爆発するかわからん不発弾抱えとるようなもんです」

「で、やつらのシノギはなんじゃ。なんもせんと、生きとるわけじゃなかろう」

「覚せい剤の密売と盗品売買ですわ」

組の看板はないまでも、やっていることは一端《いっぱし》の極道だ。

「それで、沖の息子を調べとるなかでわかったことですが、ここんとこ、五十子がいきり立っとるんです。どうやらそいつが一枚嚙んどるみたいで」

「五十子が？」

五十子会は呉原に本拠を置く、老舗《しにせ》の暴力団組織だ。会長は五十子正平《しょうへい》。ひと癖もふた癖もある食えないやつだ。構成員は百人を超える、呉原最大の組織だった。

「虎は五十子に牙剝《きばむ》いとるんか」

ええ、と多賀が答える。

沖たちが覚せい剤の売買に手を出したのは、呉寅会が立ち上がった当初からだった。その頃は、裏で巧妙に扱い、表立ってヤクザのシマを荒らすことはなかった。が、最近は順調なことで気が大きくなったのか、もっと大きなシノギが欲しくなったのか、最近は五十子会のシマ内で堂々と売り捌《さば》くようになっていた。

呉原最大の組織に喧嘩《けんか》を売るなど、同じ極道でもよほどの覚悟がいる。素人にいいように引っ掻《か》き回されたら、五十子の面目は丸潰《まるつぶ》れだ。

脳裏に、禿《は》げあがった五十子正平の、茹蛸《ゆでだこ》のような顔が浮かぶ。

大上は多賀に訊ねた。

「で、五十子はどうしちょるなら。組の看板に泥ォ塗られて、黙っとるわけにいくまあが」

多賀が細い息を漏らす。

「五十子も面子《メンツ》が立たんけえ、追い込みをかけちょるいう話ですがのう……なんせやつら、事務所があるわけじゃないけん、沖の居所が摑《つか》めんみたいで……。まあ、それはわしらも同じことで、なんとも困っとります」

合点がいった。

「ほうか。ほいで広島に流れてきちょったんか」

独り言のようにつぶやく。

「え、なんぞ言いましたか。よう聞き取れんかったのですが」

「いや」

大上は否定すると、椅子から身を起こした。

「手間ァかけたの。こっちにくることがあったら連絡せい。流通りで奢《おご》っちゃる」

流通りは広島最大の歓楽街で、多賀のお気に入りのキャバレーがある。

大上は電話を切って、壁に掛かっている時計を見た。

五時半過ぎ。

瀧井組の事務所は、広島市の西域にある。高級住宅街の一角で、渋滞に引っかからなければ、車で十五分もあれば着く距離だ。

大上は椅子の背にかけていた上着を手にすると、立ち上がった。

「お疲れさまでした」

吉村が軽く頭を下げる。声が弾んでいた。大上が部屋を出たら、あいだを置かず帰るのだろう。

「おう、ゆっくり休め」

大上は片手を挙げてひらひらと振ると、二課をあとにした。

流通りから離れた裏路地で、沖虎彦はシャツの胸ポケットから、万札を五枚取り出した。さきほど、森岡から取り立てた金だ。

目の前の女に差し出す。キラキラのホステス、チェリーだ。

真っ赤なミニスカート——ちょっと腰を屈《かが》めれば、中が見えるほど短い。胸元が大きく開いたTシャツからは、深い谷間が覗《のぞ》いている。

まだ幼い顔に厚化粧を施したチェリーは、金を受け取ると目を輝かせた。

「ほんまに取ってきてくれたんね。すごいわあ」

沖は無造作に首の後ろを掻いた。

「ほんまは委任状にあった分をもってきたかったんじゃが、森岡の糞がしけとってのう。これが精いっぱいじゃった」

「ええんよ」

チェリーは媚《こ》びるような笑みを浮かべ、沖の首に抱き付いた。豊満な乳房が胸にあたる。

「もともと諦《あきら》めちょった金じゃけ。これだけで充分。損はないわいね」

龍のジャンパーを羽織った三島考康が、横から口を挟んだ。

「損はないいうて、これじゃァ半分にしかならんじゃないの」

チェリーがペロリと、舌を出す。

「あいつ、いっつも調子ええこと言うて、全然払わんけ、売り掛け吹っ掛けとったんよ。勘定するときはベロベロに酔おとるけん、わかりゃァせん思うて」

「こんなもずる賢いのう」

にやつきながら、重田元が青シャツの袖《そで》で鼻の下を拭《ぬぐ》う。

チェリーは五万円から一枚抜くと、沖に差し出した。

「はい、お駄賃」

チェリーは沖のひとつ上だ。それしか違わないのに、子ども扱いされることにムッとしたが、女相手に怒《イキ》るのも恰好《かっこう》が悪い。軽く肯《うなず》き、黙って受け取る。

沖がシャツの懐に札をしまうのを見ながら、元が重い溜め息を吐いた。

「こうなると、あの刑事《デカ》が取ってった五万円、余計に悔しいのう。あの銭、まるっとわしらの懐に入っていてもおかしゅうなかったのに」

「あの刑事って？」

チェリーが、肩を落とす元の顔を覗き込んだ。

元の代わりに、三島が答える。

「森岡のケツ持ちに極道がついてきてのう、そいつらがガミさん言うとった男じゃ。どうもマル暴らしい」

「ガミさんいうて、北署の大上さんのことね！」

嬉《うれ》しそうに声を上げるチェリーに、三島が眉根《まゆね》を寄せた。

「なんじゃ、そのガミいうやつ、知っとるんか」

「知っとるもなんも、このあたりでガミさん知らんいうたらモグリよ」

沖は喉《のど》の奥で笑った。

呉原から広島に出て来て、まだひと月しか経っていない。組の名前はまだしも、刑事の顔はさっぱりだった。

このひと月、素性がバレないよう、慎重に行動してきた——地下に潜るように。その意味でも、まさしくモグリだ。

チェリーは自分たちのことを何も知らない。最近、このあたりによく姿を現すようになったチンピラ、としか思っていないだろう。意図せずにとはいえ、いまの自分たちの立ち位置を、チェリーにずばりと言い当てられ、苦笑いが浮かぶ。

チェリーが熱い目をして語る。

「うちもガミさんに会いたかったわあ。あの人、ヤクザには容赦ないけど、うちらホステスには、ようしてくれるんよ。それにほら、ガミさん、どっか可愛いとこもあるじゃろう。母性本能くすぐるいうんかなあ。ガミさんに口説かれたら、たいていの女は、なびくんじゃない。うちじゃったら——」

言いながら髪を掻き上げ、科《しな》を作る。

「いろんなこと、してあげるわ」

「いろんなこと、いうてなにしちゃるん？」

三島が下品な目でチェリーを見た。

チェリーがウインクして、手の甲で軽く三島の頬を叩《たた》いた。

「いろんなこというたら、いろんなことよね」

じゃれあうふたりを見ながら、ふと不安に駆られた。

沖の耳に大上の声が蘇《よみがえ》る。

——こんなァ、もしかして沖の息子か。

振り払うように、苦い唾《つば》を吐き出した。

「とにかく、またなんかあったら力になるけん、そっちも頼むで」

チェリーには、なにかと面倒を見る代わりに、シノギに繋がる組関係の情報が入ったら、沖たちに流すよう言い含めていた。

チェリーはあたりに目を配り、ひと気がないことを確かめると、こくんと肯いた。


チェリーと別れたあと、三人は「麗林《れいりん》」に入った。流通りからさらに離れた、波止場近くにあるラーメン店だ。

五人掛けのカウンターに、小さなテーブル席がひとつという狭い店内で、つるっぱげのオヤジが汗をかいていた。この店のマスターだ。

三人に気づいたオヤジは、もうもうと湯気が立っている寸胴《ずんどう》の湯を木べらでかき混ぜながら、声をかけてきた。

「おお、三馬鹿トリオか。今日もいつもの顔ぶれか。たまにゃ、べっぴんの姉ちゃんでも連れてこんかい」

店の一番奥にあるテーブルに座った三島が怒鳴った。

「うっせえわ、海坊主！　いま一発抜いたけ、腹ごしらえにきたとこじゃ！」

瓶ビールを三本、餃子《ギョーザ》とチャーハンの大盛り、ラーメンを三人前頼む。

ビールが運ばれてくると、三人はそれぞれ手酌でコップに注いで、中身を一気に飲み干した。

元が盛大にゲップをくれる。

「ひと仕事したあとの飯ほど、うまいもんはないのう」

運ばれてきたラーメンをずるずるとすすりながら、三島が苦い顔をする。

「あの刑事ががめた銭がありゃあ、こがなしょぼい飯じゃのうて、もちいと豪華なもんが食えたんにのう」

「じゃが……」

俯《うつむ》いてラーメンをすする三島が、真剣な表情で面をあげた。

「あの刑事、沖ちゃんの親父のこと、知っとったみたいじゃのう」

沖の手が止まる。

元も、丼から顔をあげた。

三島が箸先《はしさき》を沖に向ける。

「あんときガミのやつ、どっかに照会する言うとったじゃろ。まさか、わしらの面がもう割れとる、いうことはないじゃろうの」

元の顔色が変わる。

「そがいなことになったら、わしらがしたことぜんぶわかるっちゅうことか？　沖ちゃんの親父さんのことも、賭場荒らしも、扇山のことも」

「黙らんかい！」

三島は元のうしろ髪を摑むと、思い切り、ラーメン丼に顔をぶち込んだ。

「ありゃあ、わしらはなぁんも知らんこっちゃ。寝言は寝ていえや、のう」

顔を汁だらけにした元が、半泣きで肯く。

沖は海坊主に、ラーメンをもう一杯注文した。

「いくら安いけえいうて、うちの飯、粗末にすなや」

海坊主が追加のラーメンを置いてカウンターのなかへ戻る。

三島は沖へ顔を寄せた。

「じゃが、沖ちゃん。元の心配もわかるで。照会されたら、わしら危ないんじゃないんか。わしらが手掛けたもんが表に出たら、軽く三十年は檻《おり》んなかじゃ。それじゃのうても、わしら、扇山のことが極道にバレたら、海へ沈められて終わりじゃ」

考康がいう扇山のこととは、当時の五十子会組員を拉致《らち》した件だ。

いまから三年前の夏、沖たち三人は、五十子会若頭《わかがしら》、浅沼真治《あさぬましんじ》の子分である竹内《たけうち》博《ひろし》を路上でかっさらい、扇山に連れてきた。

扇山は、呉原市の西のはずれにある、標高二百メートルの里山だ。木炭の需要があった時代は、いたるところに炭焼き小屋があり、冬になると小屋から立ち上っている煙が、いくつも見えたという。しかし、炭の需要が減り、山菜や筍《たけのこ》といった山の幸も採れないうえ、ハイキングをするにも急勾配《きゅうこうばい》すぎる。いまでは、人が滅多に足を踏み入れない、木々が鬱蒼《うっそう》と生い茂る山になっている。

その扇山のなかでも、一番奥まったところにある炭焼き小屋へ、沖たちは竹内を拉致した。

使われなくなって久しい炭焼き小屋は、ほこりがたまり、小動物のフンがあたりに散らばっている。誰も訪れることのない、廃屋だった。

急な山の斜面を、車は登れない。

三人は、砂を抜いたサンドバッグに竹内を押し込み、車のトランクに入れて麓《ふもと》まで来た。なかで人がもがくサンドバッグをトランクから取り出し、横っ腹に一発拳《こぶし》を入れると、竹内は動かなくなった。

三人がかわるがわる担いで山道を登り、目的の廃屋に着くと、抜けそうな床に放り出した。

途端、分厚いほこりがあたりに舞った。咳《せき》とも呻《うめ》きともとれる声が、サンドバッグから漏れる。

「ほう、気づいとったんか」

上から見下ろしながら、沖は軽く蹴《け》った。

「どれ、どんな面になったかのう」

三島が地面にしゃがみ、サンドバッグの結び目をほどいた。元が袋の裾《すそ》を引っ張り、一気に剝《は》がす。

なかから、荒縄で全身を締め上げられた男が出てきた。顔面は血だらけで、前歯が欠けている。倍ほどにも腫《は》れあがっている瞼《まぶた》では、あたりがよく見えないはずだ。

男は、後ろ手に縛られた身体を芋虫のようにくねらせた。

「た、助け……」

みぞおちの辺りを狙って、三島が何度も蹴り上げる。そのたびに竹内は、見る影もなくなった二枚目の顔を、苦痛に歪《ゆが》めた。

「のう、竹内よ。ええ加減に吐けや。命張ってまで、浅沼に義理尽くすこたァあるまあが」

沖が冷静な声で語りかける。

竹内は浅沼のもとで、シャブを捌いている。

腫れた瞼の隙間から、竹内は沖を睨《にら》みつけた。開き直ったように、声を絞り出す。

「おどれ、こがあな真似して、ただで済む思うちょるんか！」

沖は込み上げる笑いを抑えながら、腰に差している拳銃《けんじゅう》を抜いた。親父の唯一の形見だ。

「そがなこと、思うとらんよ。じゃが、お前が死んでしもうたら、誰がわしらのことチクるんなら」

竹内が血の混じった唾を、沖に向けて吐き飛ばした。

精一杯の啖呵《たんか》を切る。

「おお、やれるもんならやってみい！　わしを殺《や》ったら、おどれらみんな、地獄で生殺しに——」

言い終わらないうち、三島が思い切り横腹に蹴りを飛ばした。

たまらず、竹内が床の上でのたうち回り、血の混じった嘔吐《おうと》物を吐き出した。息が上がり、喉から隙間風のような音を出している。

息も絶え絶えな竹内の脇に、沖はしゃがんだ。

「来週、シャブの取引があるそうじゃないの。それも相当デカいのが」

シャブの取引情報は、元が手に入れた。

赤石《あかいし》通りの雑居ビルに、スタンドバー「ラヴ」がある。そこに元の女、貴山寛子《たかやまひろこ》が勤めている。寛子は元のひとつ上だ。が、寛子の大人びた顔立ちと元の童顔が並ぶと、五歳は離れて見える。

同じ店に勤める美香《みか》という女が、竹内のお気に入りだった。

一週間ほど前、美香のヘルプにつき竹内と同席した寛子は、その酒席で竹内がでかい仕事がある、と自慢げに話すのを聞いていた。

寛子は店に勤めて一年になる。その間に、本人や客から聞いた話から、竹内が五十子会の組員で、主に覚せい剤をシノギにしていることを知った。

沖虎彦を首領とする呉寅会は、結成から半年ほどたったいまでは、十人に達しようとしていた。沖が集めたわけではない。沖を慕って、自然に集まってきたメンバーだ。呉寅会はヤクザ組織と異なり、親分子分の関係はない。縦の縛りではなく、横の連帯を重視するため、配下はすべて兄弟分だ。そのほとんどが、沖の舎弟になっている。例外は三島考康で、沖とは五分の兄弟。重田元は五厘下がりの兄弟だ。沖と対等に話せるのは、幼馴染《おさななじ》みのこのふたりだけだった。

呉寅会のシノギは、ヤクザから金品を強奪することで成り立っている。

元は普段から寛子に、ヤクザ者の動向を気に掛けるよう指示していた。店に来るヤクザから、寛子がシャブの取引情報を得て元に伝える。その情報を元は沖に流し、裏を取った沖が強奪の計画を立てていた。

ヤクザは警察に被害届を出せない。上手《うま》くいけば、濡《ぬ》れ手で粟《あわ》の大儲《おおもう》けだ。

目出し帽で顔を隠し、取引の現場を襲い、あわよくば金とシャブの両方を手に入れる。それが難しいようなら、どちらか片方だけを狙う。たいていの場合、シャブだ。半島経由のシャブは海上で取引されることが多い。埠頭《ふとう》や路地裏、寂れた田舎道が取引現場なら両方手に入れることは可能だが、そんなおいしい取引は、滅多になかった。

もちろん、襲撃は常に命懸けだ。しかし、喰《く》わなければ喰われる――それがアウトローの世界だ。ヤクザを怖がっていては、広島で天下は取れない。

そのために、闇の武器屋から買った機関銃も用意している。ひと気のない場所で車を襲い、タイヤに機関銃で穴をあける。車が動けなくなったら、ホールドアップ。命まで張ってブツを守るヤクザはいない。ヤクザなど、仁義や義理より己の命がなによりも大切な人種だ。我欲のためなら、他人はもとより身内への裏切りなど、屁とも思っていない。ヤクザは欲に塗《まみ》れた人でなし――沖は、自分の父親に教えられ、身をもって知っていた。

沖は今回の取引について、元のアパートで聞いた。正確には、元が転がり込んでいる寛子の部屋で、だ。

寛子はふたりに茶を出すと、元の隣に座り、仕入れた話を沖に披露した。

聞きながら煙草をふかす。根元まで吸って灰皿で揉み消し、視線を寛子に移した。

「で、その話はホンマなんか」

寛子は興奮した様子で、何度も肯いた。

「ホンマです。この耳でちゃあんと聞きました。来週、大けな取引があるけ、金が入ったら、お前が欲しがっとったヴィトンのバッグを買《こ》うちゃるいうて、美香のおっぱい揉んどりました」

「美香ちゃんのおっぱいの話なんか、せんでええんや」

元が怒ったように、寛子の頭を小突く。

寛子は口を尖《とが》らせたが、すぐにいつもの顔にもどり、沖のほうに膝《ひざ》を進めた。

「竹内っちゅうやつはホンマ、質《たち》の悪いチンピラで、女を落とすとすぐにヒモになるんです。女がいうこと聞かんと手ェあげて、最後はシャブ漬けにして風俗に沈めるんですよ。いまはええけど、美香ちゃんもそのうちこれまでの女の子と同じ目に遭うんじゃないかと心配しとるんです」

元は、目を伏せた寛子の肩を抱き寄せた。

「お前は運がよかったのう。わしのような優しい男と出逢《でお》うてよ」

寛子は元を睨みながら、肩に置かれた手を撥《は》ね退けた。

「人使いが荒いんは同じじゃろうね。このあいだも寝てるところ起こされて、なんやろ思うたら腹減ったけ飯作れ言うとったじゃない。こっちは飲みたくもない酒飲んで疲れとるんよ。ひどいと思わんの」

空気がきな臭くなってきたところで、沖は畳から立ち上がった。

「元よ、こりゃァどえらい儲け話で。寛子ちゃんの大手柄じゃ。あとはわしとみっちゃんで段取りするけん。今日はご褒美に、たっぷり可愛がっちゃりないや」

元は嬉しそうに、ミニスカートから覗く寛子の太ももを擦《さす》る。その手を押さえつけながらも、寛子の顔には笑みが浮かんでいた。

沖は靴を履くと、夜の街に出た。

寛子のアパートの近くで、自転車を物色する。このあたりで、鍵《かぎ》のついていない自転車を探すことは、そう難しくなかった。

手ごろな自転車にまたがり、沖は三島のアパートに向かって漕《こ》ぎ出した。

寛子のアパートから三島のアパートまでは、自転車で三十分の距離だ。しかし、いまくらいの深夜だと、信号を無視すれば二十分でつく。

大通りを突き抜け、裏路地のネオン街を走る。計算通り、二十分ほどで三島のアパートについた。

乗ってきた自転車を路上に乗り捨て、沖は二階へ続く階段をのぼった。

三島の部屋は、通路の突き当たりにある二〇四号室だ。ドアから灯《あか》りが漏れている。

沖はドアを、指でコツコツと叩いた。

「わしじゃ」

なかで人が動く気配がして、ドアが開いた。眠そうな目をした三島が、玄関に立っている。

「沖ちゃん、どうしたん、こんな時間に」

三島を押しのけるようになかへ入ると、沖は一間しかない和室の隅に腰を下ろした。

全速力で自転車を漕いできた沖は、汗だくだった。ただ事でない様子に、三島は慌ててドアに鍵をかけると、沖の前に膝をついた。

「なんぞ、あったんか」

眉根を寄せ、三島が心配そうに顔を覗き込む。沖はにやりと笑った。

三島の眉根がみるみる広がる。

「ええ話か」

沖は大きく肯いた。

「おお、ええ話じゃ」

沖は、寛子が仕入れてきたシャブの取引情報を、手短に伝えた。

「引き値で三千万、売値で六千万じゃ」

三島の顔が、興奮で紅潮する。

「そら、ホンマなんか」

沖はシャツの胸ポケットから煙草を取り出した。三島がすぐさまマッチで火をつける。

煙を天井に向かって大きく吐き出し、沖は三島を見た。

「ホンマかどうか、竹内に直接聞きゃあええじゃないの」

三島は眠りから覚めたように目を見開いた。

「ほうか、そりゃそうじゃな」

沖はふたりしかいない部屋で、声を潜めた。

「ええか、お前と元は明日から竹内を見張れ。やつがひとりになるときを探すんじゃ。頃合いを見て、やつを拉致《しゃく》る」

竹内を拉致できる時間と場所は、ほどなく把握できた。竹内はいま、美香のほかに夢中になっている女がいる。十九歳のデカパイだ。夜の十時になると毎夜、その女のマンションへ通っていた。

シャブ取引の情報を得てから一週間後、沖たち三人は、女のマンション近くで竹内を攫《さら》い、扇山山中にあるかつて炭焼き小屋として使われていた廃屋へ連れ込んだ。

沖は回転式拳銃を手で弄《もてあそ》んだ。

「のう、そのシャブの取引、どこでするんない」

竹内は沖から目を背けた。

「ガセじゃなあんか。わしゃァなんも知らんで」

元が左足の踝《くるぶし》を、思い切り踏みつけた。

竹内が声にならない声をあげる。

その場にしゃがみ、呻く竹内のこめかみに、銃口を押し付ける。

竹内が血走った目の端で、拳銃を見た。

沖が小さく笑う。

「こんなが喋《しゃべ》らんでも、わしらは別に困りゃァせん。浅沼んとこの、ほかの奴に訊くだけじゃ」

沖はゆっくりと撃鉄を起こした。

ガチンという音と同時に、竹内は目を閉じて、悲鳴をあげた。

「待て！　待ってくれ！」

小屋の外で、鳥たちが一斉に羽ばたいた。

外が静まってから、沖が訊ねた。

「ほら、どうするんなら」

竹内は顔を涙と鼻水でぐしゃぐしゃにしながら、ようやく聞き取れる声で言った。

「わかった、わかったけ、なんでも喋るけ、命だけは助けてくれ」

元が床にしゃがみ、面白そうに、竹内の頬をぴたぴたと叩く。

「最初からそう言うときゃァ、痛い目に遭わんで済んだのにのう」

三島が促す。

「で、取引場所はどこな？」

「た、多島《たじま》港の埠頭じゃ」

「相手は？」

一度落ちた竹内は、堰《せき》を切ったように答える。

「九州《きゅうしゅう》の福岡連合会」

「時間は？」

「月曜日。夜中の、十一時半じゃ」

今日は金曜日、三日後だ。

沖が念を押す。

「間違いないんじゃのう」

竹内は横たわった身体を必死に捩《よじ》り、懇願の眼差《まなざ》しで沖を見た。

「ほんまじゃ！　嘘じゃないけ、助けてくれ！」

沖は竹内の目の奥を見た。嘘をついているようには思えない。竹内の耳に口を寄せ、ゆっくりとつぶやく。

「もし嘘じゃったら、ここで死んどったほうがましじゃった思うような目に、遭わせるけんのう」

怯《おび》え切っている竹内は、沖を見ながら何度も肯いた。

沖は拳銃の撃鉄を、静かに戻した。立ち上がり、腰に差す。

「仕事が終わるまで、こんなにゃァここにおってもらう」

竹内が短い声をあげる。

「ここって、水も食い物もないこがあなところに三日間も置かれたら、死んでまうわ」

「安心せい」

そういうと沖は、元に顎《あご》をしゃくった。

「用意したパンと水、側に置いちゃれ。三日くらいなんにも食べんでも死にゃァせんじゃろうが、特別サービスじゃ。儲けがでかいけェのう」

元が外に出て、竹内が入ったサンドバッグと一緒に運んできた数個の菓子パンと、古びたバケツに入れた水を手に戻ってきた。竹内のそばに置き、にやりと笑う。

「よかったのう。糞、しょんべんは垂れ流しじゃが、命が助かるんじゃけ、我慢せい」

よほど喉が渇いていたのだろう。バケツに嚙みつこうとする竹内を、三島は力任せに、小屋の端まで引きずっていく。一旦《いったん》、後ろ手に縛っていた荒縄をほどき、そのまま柱に回して手錠をかけると、バケツを竹内のそばに置いた。その横にパンを放る。

「首を伸ばしゃァ、届くじゃろ。水だきゃあ気ィつけろよ。慌てて零《こぼ》すと命とりじゃ」

バケツに首を突っ込もうとしている竹内の肩を、沖は優しく叩いた。

「じゃあの」

竹内ははっとした様子で、沖に叫んだ。

「ほんまじゃったら――取引がほんまじゃったら、必ずまたここに来るんじゃろうの。わしを助けてくれるんじゃろ！」

失笑が漏れる。口元を引き締め、竹内に言った。

「お前はいままで息するように嘘をついてきたんじゃろうが、わしは違う。嘘はつかん」

沖は、三島と元に目配せした。

元が引き戸を開け、沖を先に促す。三人が外に出ると、三島が小屋に鍵をかけた。歩きながら元が身震いした。武者震いか、それとも不安からくる震えか、沖にはわからない。

「のう、沖ちゃん。今度のシノギはでかいのう。金が入ったらなんに使うん？」

沖は空を見ながら、胸元から煙草を取り出した。

「さあのう、手に入れたら、じっくり考えるわい」

三島がパンと手を叩き、これからバッターボックスに入る野球選手のように肩をぐるぐる回した。

「さあ、忙しゅうなるで」

沖はふたりに活を入れた。

「山を下りたら、すぐ呉寅のやつらに集合かけい！」

「おお！」

ふたりの声が山間《やまあい》に木霊《こだま》した。

三章

瀧井組の事務所は、高台の閑静な住宅街のなかでも、角の一等地にある。

事務所と住居が繋《つな》がっている建物からは、夕方には海に沈む夕陽が見えるし、陽が落ちれば、広島市内の夜景が一望できた。

たまに訪れる者にとっては見とれる景色なのだが、住人にとっては見慣れたものなのだろう。大上以外、窓の外を見る者はいない。どんなに美味《うま》い飯も、高い酒も、絶景も、日常になったとたんに色褪《あ》せるのだと、改めて思う。

向かいの革張りのソファには、瀧井と佐川義則《さがわよしのり》が座っていた。佐川は瀧井組の若《わか》頭《がしら》で、組長である瀧井の右腕だ。

佐川が淹《い》れた紅茶を飲んでいると、洋子《ようこ》がドアを開けて入ってきた。洋子は瀧井の古女房で、極道の姐《あね》のなかでもひときわ気が強い。武闘派で知られる瀧井でさえ、洋子には頭があがらない。

洋子は牡丹《ぼたん》が金糸で刺繍《ししゅう》された訪問着の袖《そで》を弾ませながら、大上のそばにやってきた。

「ガミさん。久しぶりじゃねえ。挨拶《あいさつ》が遅れてごめんなさいね。支度に手間取ったけえ」

大上は大袈裟《おおげさ》に驚いて見せた。

「おお、洋子ちゃんじゃないの。今日はまた一段と別嬪《べっぴん》さんじゃけえ、すぐにはわからんかったわい。どこの女優さんが入ってきたか思うて、びっくりしたで」

見え透いた世辞を真顔で言う大上を、瀧井は半分呆《あき》れたように見た。

洋子が頰を染め、ひらひらと手を振る。

「もう、ほんま、ガミさんは褒め上手じゃねえ。リップサービスじゃ、いうてわかっとっても、女は褒められると嬉《うれ》しいもんなんよ。それに比べてうちの人は、こんだけ気合入れてめかしこんどるのに、なあんも言わんのよ。ほんま、気が利かん男じゃわ」

子分の前で小馬鹿にされたのが気に食わなかったのだろう。瀧井は目を細めて鼻を鳴らした。つぶやくように言う。

「わしもよ、相手が若い女子《おなご》じゃったら、褒めて煽《おだ》ててよ――」

「あ？」

見る間に洋子の目つきが変わる。

テーブルを回り込むと、大上の向かいに座る瀧井の横に立った。腕を組み、上から睨《にら》みつける。

「あんた。なんねえ、その口の利き方は――あん？　また、懲りもせんで外に女ァ作ったんじゃなかろうね！」

瀧井は目を逸《そ》らし、そっぽを向いて言った。

「な、なにいうとるんじゃ、そがなことあるわけなかろうが……」

洋子が詰め寄る。子供を叱るように声を絞った。

「このあいだのうちの言葉、忘れとらんよね。次に女作ったら、あんたの命はない、言うたじゃろ」

瀧井の目が泳いでいる。

大上は助け船を出した。

「ところで洋子ちゃん。今日はえらいめかし込んどるが、なんぞあるんか」

気は強いが、単純なところが、この女のかわいいところだ。

洋子は女の話などなかったかのように、目を輝かせた。

「これから女子《じょし》の親睦《しんぼく》会があるんよ。そりゃあ気合も入るわ。親分の妻がみっともない恰好《かっこう》しとったら、みんな不安がるけんね。うちの組はそがいに景気悪いんか、いうてね」

ある程度大きな組はたいていそうだが、瀧井組でも、姐さん連中を集めた呑《の》み会が定期的に行われる。組員の妻たち、あるいは女たちの、結束を図るためだ。とりわけ、務めに行っている組員の女のフォローは、組長の妻として大切な仕事のひとつだった。

「さすがは洋子ちゃん。女房の鑑《かがみ》じゃのう」

洋子が誇らしげに胸を張る。

大上はダメを押すように、言葉を続けた。

「そう言やァ、新しい店のほうも、繁盛しとるそうじゃないの。大したもんじゃ」

洋子は着物の袷《あわせ》を整えながら、大上に軽く頭を下げた。

「ええ。おかげさんで。ガミさんに紹介してもろうた女の子らが、ようやってくれとるんよ。ほんま助かっちょる。はじめてじゃけ、変に癖がついとらんじゃろ。そこがまた、ええんよねえ」

洋子は手広く、瀧井組のシマ内で水商売を展開している。

先月、新しく開いたラウンジは、広島でも五本の指に入る高級な造りだった。グランドピアノが店の中心にあり、眩《まばゆ》いシャンデリアの下には、豪華な布張りのソファが設《しつら》えてある。

店の女はどれも一流だ。なかには、大学のミス女王だった子もいる。

客を呼ぶには上等な女が必要だ、妥協はしたくない、と訴える洋子から頼まれて、大上は三人の新人を引き合わせた。みんなホステス稼業ははじめてで、大上の知り合いのモデル派遣業者から引き抜いた女の子だった。

笑っていた洋子がふとテーブルに目を移す。顔色が変わった。

「佐川！」

「へ、へえ！」

突然、矛先を向けられた佐川が、戸惑いながら返事をする。

「なに安物のカップ使《つこ》うとるん。せっかくガミさんが来てくれたんじゃけ、一番ええやつ使いんさい！」

怒りの原因がわかった佐川は、洋子に慌てて頭を下げた。

「すいません、姐さん。すぐ替えますけ」

立ち上がろうとする佐川を、手で制する。

「ええよ、ええよ。味が変わるわけじゃないけん」

「ほうじゃけえ言うても――」

洋子はまだなにか言いたげに、頬を膨らませた。

妻の癇癪《かんしゃく》に付き合いきれなくなったらしく、瀧井が面倒そうに洋子を急《せ》かした。

「会は七時からじゃろ。はよ行かんと、間に合わんのと違うか」

洋子が左手につけた金無垢《むく》の腕時計を見る。以前、瀧井の浮気がばれたとき、ご機嫌取りに買わされた六百万のオメガだ。

「あらやだ、もうこがあな時間。たしかにもう行かんと」

洋子は腰を屈《かが》めて瀧井に顔を近づけると、ふくれっ面で囁《ささや》いた。

「あんたの躾《しつけ》が悪いけん。うちがいないなげな思いするじゃない」

瀧井が肩を落とす。親分に恥をかかせた佐川も俯《うつむ》いた。

洋子は身を起こすと、スイッチを切り替えたかのように、笑顔で大上を見た。

「うちはもう行くけど、ガミさん、ゆっくりしてってね」

大上は苦笑しながら、片手を挙げた。

「ああ。あとでチャンギンと、店によるけん」

「うん。たっぷりサービスするけんね」

アップにした襟足を手で整えながら、洋子が部屋を出る。

女房がいなくなると、瀧井はソファの背もたれに身を預けた。うんざりした口調で言う。

「あれじゃけえ……ほんま、やっとられんわ」

大上はカップを口に運びながら溜《た》め息を吐いた。

「やっとられんのは、こっちじゃ」

バツが悪いのか瀧井は、佐川の頭をすぽんと叩《たた》いた。

「お前がちゃんとせんけえ、わしがこがあな目に遭うんど。しっかりせんかい」

とばっちりを受けた恰好の佐川は、しょぼくれて頭を下げた。

ふたりのあいだに割って入る。

「まあまあ、機嫌直さんかい。それより――」

大上は股《また》を割ると、身を乗り出した。

「例の件、どうじゃった」

一年前に起きた賭場《とば》荒らしの件だ。三人組の男に綿船組が仕切っている賭場が荒らされて、大金が盗まれた。

「電話でも言うたが、こんなの耳に、なんか入っとらんか」

瀧井は大上から目を逸らすように、壁を見た。

「まあ、入っとるちゅうたら入っとるが、なんせ身内の話じゃけのう、なんぼ章ちゃんじゃいうても、喋《しゃべ》れんこともある」

荒らされた賭場は綿船組のものだが、直接仕切っていたのは、その二次団体の笹貫組だった。笹貫組の笹貫と瀧井は、同じ綿船組に所属する兄弟分だ。博徒《ばくと》が賭場を荒らされるのは、顔に糞《くそ》を塗りたくられたに等しい。瀧井にとってもいい面《つら》の皮だろう。

大上はシャツの胸ポケットから煙草を取り出した。すかさず佐川が火をつける。

煙を吐きながら、ソファに身を預ける。

「こんなの立場もわかる。じゃが、わしの都合もある。のう、ここは取引といこうじやない」

「取引？」

瀧井が目の端で大上を見る。

「おうよ。お前が話せんいうなら、美代《みよ》ちゃんのこと、洋子ちゃんの耳に入れることもできるんで」

美代とは流通りにあるクラブのホステスで、ここ最近、瀧井が入れあげている女だ。

瀧井の顔色が、それとわかるほど紅潮する。

「章ちゃん、わしを脅すんか！」

天井に向かって盛大に煙を吐き出す。

「脅すいうて、人聞きの悪いこと言いないなや。わしゃァ取引しよう、言うとるだけじゃ」

唇を尖《とが》らせ腕を組む瀧井に、顔を近づける。

「こんなはなにも答えんでええ。ただ、首の運動するだけじゃ」

「首の運動？」

瀧井が怪訝《けげん》そうな顔をする。

「そう」

大上は肯《うなず》いた。

「わしがこれから質問するけ、首を縦に振るか、横に振ってくれ」

瀧井が顎《あご》に手を当てる。

「そういうことか。ほんま、昔からよう悪知恵が働くのう。喋れんもんは喋れんが、まあ、首の運動くらいじゃったら出来るよ」

大上が質問をはじめる。

「負傷者は出たんか」

瀧井が肯く。

「死んだ者は？」

首を振る。死人が出ていれば、さすがに事件になる。大上の予想したとおりだった。

「襲うたんは、三人組じゃいうて聞いとるが、それはほんまか」

瀧井は首を縦に折った。

「若い男じゃったんじゃろ」

同じく肯く。

「知った顔か」

首を振る。

当然だ。知った顔なら、いま頃、襲ったやつらは海に沈められるか、山に埋められている。

「やっぱり、ここいらの者じゃないのう」

誰にでもなく、大上はつぶやいた。

瀧井は肯くことで同意した。

質問を続ける。

「その三人の人相、風体じゃが、背は高かったんか低かったんか」

瀧井は少し逡巡《しゅんじゅん》し、肯いて首を振った。

「高いやつと、低いやつがおった、ちゅうことじゃの」

今度ははっきりと肯く。

大上の頭に、大柄な龍のスカジャンと、小柄な青シャツが浮かぶ。

「笹貫は——」

大上がそう言うと、瀧井は目を細め唇を噛《か》んだ。

「さぞや血眼《ちまなこ》になって、追っとるんじゃろのう」

再び天井に向かって大きく煙を吐き出す。視線を瀧井に戻した。

「じゃが、不思議よのう。あれだけの大仕事、極道が十人いてもうまくいくかどうかわからんのに、チンピラたった三人でするとはよ。しかも相手は素人じゃない、極道じゃ。よほど度胸があるのか、馬鹿なのか」

瀧井がぼそりと言った。

「そのどっちもじゃろ」

四章

夜の多島港は、ひっそりと静まり返っていた。

多島港は呉原市にある小さな漁港で、まわりには店も民家もない。明かりは、雲の切れ間からときどき差し込む月の光だけだ。日中は船が入ったり、釣り人がいたりと賑《にぎ》わうが、夜になると閑散とする。

沖と三島、元の三人は、埠頭《ふとう》に並ぶ倉庫の陰に身を潜めていた。

倉庫は四つある。三人は海から見て右端にいた。港の入り口から一番近い場所だ。

埠頭には三人のほかに、呉寅会のメンバー七人がいた。別の倉庫の陰に、散り散りに隠れている。

三島が落ち着かない様子で腕時計を見た。声を潜め、小声で言う。

「ほんまに来るんかのう。あの野郎、まさかガセ摑《つか》ませたんじゃないじゃろうな」

三島がいうあの野郎とは、このあいだ締め上げた竹内のことだ。

沖も自分の腕時計を見る。十一時二十分。竹内が言っていた取引の時間は十一時半だ。まだ誰もやってくる気配はない。

三島の隣で、元が鼻息を荒くした。

「ほじゃったら、すぐミンチにして魚の餌にしちゃるわい」

三島が呆《あき》れた顔で元を見る。

「そがあな大儀ぃことせんと、その場に穴掘って埋めたらええが」

元が自分の額を叩《たた》く。照れ笑いするときの癖だ。

「言われてみりゃァ、そうじゃのう。扇山にゃァ、ようけ仲間が埋まっとるけん——うっかりしとったわい」

そんな元を、三島が鼻で笑った。

「お前の場合はうっかりじゃのうて、ここが悪いんじゃ」

三島は、ここ、と言いながら、自分の頭を指で小突く。

心外だと言わんばかりに、元が反論する。

「今夜の情報、手に入れたんは誰ない。わしじゃろうが」

三島は負けずに言い返した。

「こんなじゃない。寛子ちゃんじゃ」

「なんじゃと！」

周囲に声が漏れないよう、ふたりとも囁《ささや》き声だ。

元は白鞘《しらさや》の日本刀を、大仰に構えた。

「お、やるんか！」

手にしていたトカレフを、三島が元に向ける。闇ルートで手に入れた中国産の複製だが、殺傷力はオリジナルと同じだ。

いつもの光景だ。退屈しのぎにじゃれあっている。沖は苦笑いした。

倉庫の陰に身を潜めてから一時間が経つ。自分もそうだが、ふたりは気が短い。飽きてきたのだ。

命を張った仕事を前にしたとき、たいていは緊張するか、鼻息を荒くするか、足が震える。退屈するとか、飽きることは、まずない。それだけふたりとも肝《きも》が据わっているのだ。だから、沖と一緒に行動できる。

ふたりの気持ちはわかるが、ここに人が隠れていることを、相手に気取られてはまずい。

じゃれあいを止めようとしたとき、遠くに光が見えた。丸い輪がふたつ。車のヘッドライトだ。光は次第にこちらへ近づいてくる。

ヘッドライトの灯《あか》りに、三島も元も気づいたらしく、ぴたりと言い合いをやめた。三島は拳銃《けんじゅう》をかまえ、元は日本刀の柄《つか》を握りしめる。沖は肩にぶら下げていた機関銃を下ろし、脇に抱えた。

ズボンのポケットに入れてきた覆面を、頭から被《かぶ》る。元と三島も沖に倣《なら》った。別の場所で待機している呉寅会のメンバーも、同じように襲撃の準備をしているはずだ。

車は沖たちが潜んでいる倉庫の前で停まった。黒のランドクルーザー——このあいだ発売になったばかりの新型モデルだ。

間を置かず、ランドクルーザーがやってきた方向から、もう一台の車がきた。黒のセンチュリーだ。闇のなかで、車体が上質な漆のように光沢を放つ。ランドクルーザーの隣に来ると、ぴたりと横づけした。

それぞれの車から男が降りた。一台から三人ずつ、計六人がヘッドライトの前に立つ。

運転手は降りてこない。アイドリングの状態で待機している。取引が終わったら、すぐにこの場を去るためだ。

ランドクルーザーから出てきたひとりの男に、沖は目を留めた。坊主頭に、シャツから覗《のぞ》く手首に見える数珠《じゅず》の入れ墨。五十子会の組員、高安《たかやす》だ。五十子会の若頭《わかがしら》、浅沼真治の舎弟で、幹部を務めている。

ランドクルーザーが五十子会、ということは、センチュリーが取引の相手、福岡連合会だ。

波の音しか聞こえない静かな港では、声がよく通る。

高安は相手の前に歩み出ると、真ん中にいる男に言った。

「時間、ぴったりじゃのう」

肩をいからせたスーツ姿の男が、答える。

「わしらもビジネスじゃけん。遅れることはくさ、なかとや」

高安と対等に話すということは、こちらも幹部なのだろう。

子分たちはひと言も発しない。相手を牽制《けんせい》するように睨《にら》みつけている。

スーツ姿の幹部は、高安を値踏みするように上から下まで眺めてから、隣の男に顎《あご》をしゃくった。子分か舎弟かはわからないが、部下であることは間違いない。

「おう」

部下の男が無言で肯《うなず》いた。小脇に抱えていた黒いボストンバッグを、高安に差し出す。

同時に高安も、隣の手下に命じた。

「こっちも出したれ」

「へい」

手下がアタッシェケースを、スーツの男に突き出す。

高安とスーツの男は、相手から目を逸《そ》らさず受け取ると、それぞれバッグとケースの蓋《ふた》を開けた。

手探りで中身を取り出す。

スーツの男は、帯封された札束をひとつひとつ確認した。ケースいっぱいに紙幣が入っているとしたら、かなりの額だ。

高安の手には、ビニール袋があった。なかに粉のようなものが入っている。シャブだ。

ビニールの結び目を解《ほど》き、高安は人差し指をなかへ入れた。指についた粉を舌の上に載せる。スーツの男に目をやると、にやりと笑った。

「あんたらが捌《さば》いとるシャブはええっちゅう話じゃが、噂は本当じゃのう。こりゃあ、上物じゃ」

スーツの男も、合わせるように口の端を引き上げる。

「そっちものう。約束の三千万、間違いなか」

ふたりの男は、手にしているバッグとアタッシェケースを自分の子分に渡すと、相手の目を見やった。

「次は、いつ頼めるかいのう」

高安の問いに、スーツの男が答える。

「二か月後にはくさ、また入荷するけん。そんとき連絡ば、するわい」

六人が、車へ戻ろうとする。

取引が終わるのを、息を殺して見守っていた沖は、三島と元に向かって叫んだ。

「いまじゃ！　いくど！」

「おお！」

三人は、ほぼ同時に、暗闇から倉庫の前へと躍り出た。それを合図に、別の倉庫の陰に身を潜めていた呉寅会のメンバーたちが、いっせいに駆け寄ってくる。

瞬く間に、メンバー全員が車を取り囲んだ。

いきなり現れた覆面姿の男たちに、ヤクザは泡を食い、甲高い怒鳴り声を上げた。

「な、なんじゃゃわりゃ。どこの者《もん》じゃ！」

沖は車のそばにいるヤクザの頭上を狙い、機関銃をぶっ放した。

車の周りの人影が、慌てふためいて身を伏せる。

沖は銃弾を納めた弾帯を肩に担ぎ直すと、あたりによく響く声で吠《ほ》えた。

「どこの者もクソもあるかい！　死にとうなかったら、こんならが手にしとるもん、黙って渡さんかい！」

言い終えるや、再び機関銃を撃ちまくる。今度は足元を狙った。

ヤクザたちが車の陰に逃げ込む。そして隙を見て拳銃で応戦しながら、車になんとか乗りこもうとした。

闇に双方の銃声が響く。

沖が怒鳴る。

「タイヤじゃ！　タイヤを潰《つぶ》せ！　わしとみっちゃんはランドクルーザー、ほかはセンチュリーじゃ！」

ここでヤクザを皆殺しにするのは簡単だ。だが、八人も殺せば死体の処理が大変だし、ヤクザだけではなく警察も絡み、面倒なことになる。さすがにそれは厄介だ。沖は物《ブツ》を手に入れることを最優先することにした。それにはまず、やつらの足を止める必要がある。

沖がいる位置から、五十子会の車まで、およそ三十メートル。沖は銃口を、ランドクルーザーのタイヤに向けた。

「ええか、ヘタうつなや！」

呉寅会で銃を持っているメンバーは、沖と三島のほかに、ふたりいた。小型の銃で、三島が持っているものと、ほぼ同じタイプだ。

沖が叫ぶと同時に、二台の車のタイヤに向かって銃弾が放たれる。

しかし沖の機関銃は、肝心のところで弾《たま》切《ぎ》れを起こした。ほかの者の銃弾もなかなか当たらない。月明かりだけの夜に、まともに射撃訓練を受けていない者が、目標物に命中させることがいかに難しいかを、このとき沖ははじめて知った。

ヤクザたちは、メンバーの攻撃が途切れるタイミングを計りながら、銃を撃ち返してくる。その合間に、全員がそれぞれの車に乗り込んだ。

二台の車は、地面に火花を散らし、猛スピードで発進した。

沖は機関銃のトリガーから指を離し、舌打ちをくれた。

もっと簡単に事が運ぶと思い込んでいた自分に、腹が立つ。シャブの取引などという危ない橋を、それこそ日常的に渡ってきたヤクザを、甘く見てはいけなかったのだ。

センチュリーが闇の奥に消える。後ろを走るランドクルーザーも、まもなく港からでていくだろう。

「くそったれ！」

悪態を吐きながらランドクルーザーを見ると、赤いテールランプが大きく傾いた。

そのあと、車はゆらゆらと蛇行しながら、スピードを緩めていく。

「なんじゃ、ありゃあ」

元が手のひらを額に翳《かざ》し、車を見やる。

沖は叫んだ。

「パンクじゃ！　弾が当たっとったんじゃ！」

沖は呉寅会全員に命じた。

「追え！　五十子の車だけでも仕留めえ！」

新しい弾帯をセットし、沖はランドクルーザーに向かって機関銃を乱射した。

鈍い音がして、リアウィンドウに皹《ひび》が入る。続いて、車体ががくんと落ちた。パンクしていなかったタイヤにも、弾が命中したのだ。後輪がだめになった車は、車体の後ろを地面に擦《こす》りながら停まった。

ランドクルーザーから人が出てくる気配はない。外へ出たら、蜂《はち》の巣になると思っているのか。車内で銃を構えながら、反撃のチャンスを窺《うかが》っているのか。

姿勢を低く保ち、沖たちはじりじりと車との距離を詰めた。

銃を持っている者は銃口を車に向け、ほかの者は日本刀や短刀《ヤッパ》を構えながら、慎重に足を運ぶ。

三島が先陣を切った。

停まった車の背後からなかの様子を窺う。

が、頭を少し上げると同時に、パンという乾いた音がして、罅が入っていたリアウィンドウが割れた。

呉寅会のメンバー全員が、反射的に地面に身を伏せる。

五十子の誰かが、車中から発砲したのだ。

沖、三島、元、ともに血の気が多いが、なかでも導火線が一番短いのは元だった。

「この外道《げどう》、なめやがって！」

元はものすごい形相で叫ぶと、手にしていた日本刀の柄で、後部座席の窓ガラスを叩き割った。

ほかのメンバーもあとに続く。

車のボディーを足で蹴《け》り上げ、すべてのガラスを割る。沖の機関銃を警戒してか、反撃はしてこない。

沖はボンネットの上に乗り、車中で怯《ひる》む組員たちに銃口を向けた。

「ちいとでも動いたら、ぶち殺すど！」

ヤクザたちは青ざめた顔で、その場に固まった。

銃口を左右に振る。

「なにぼさっとしとるんじゃ。さっさと武器《えもの》を離さんかい！」

ヤクザたちは、手にしていた拳銃を割れた窓から外へ放り、両手をあげた。

後部座席でうずくまっていた高安も、渋々といった表情でホールドアップの姿勢をとる。

沖は高安に命じた。

「そこにある物《ブツ》、こっちに寄越《よこ》せ。ほしたら命だきゃァ、助けちゃる」

高安の顔色が変わる。ボストンバッグを手繰り寄せ、首を横に振る。

「こ、これはわしの着替えが入っとるだけじゃ。こんならが手にしても、なんの得も……」

沖は銃口を上げ、夜の闇に向かって機関銃をぶっ放した。

硝煙の臭いがあたりに立ち込める。

まだ白煙が漂う銃口を、高安に向けた。

「こんなの臭いパンツやシャツが、三千万もするんか。笑わすな。もちっと、ましな嘘を吐けや」

具体的な金額を出したことで、沖がバッグの中身を知っているとわかったのだろう。高安の表情が一変して、険しくなる。が、発した声は震えていた。

「こんなら、わしらがどこの者か知っとるんか。五十子会相手にこがなことして、ただで——」

沖は割れたフロントガラスからなかに身を乗り入れ、銃口を高安の額に押し付けた。

「イラコかイクラか知らんが、それがなんぼのもんじゃい!」

幹部の面目が丸潰れなのだろう。高安が大きく顔を歪《ゆが》めた。

ほかの三人の額には月明かりに光る汗が、うっすらと浮かんでいた。尿の臭いが車中に漂う。誰かが小便を漏らしたのだ。

車の周りにいたメンバーが、いつでも援護できるよう、武器を車内に向ける。

沖はこれ見よがしに、トリガーに掛けた指を曲げた。

「死にたいんか、おおッ、わりゃァ死にたいんか!　じゃったら、いますぐ殺しちゃる!」

沖の本気を感じたのだろう。高安は右の手を前に突き出し、悲鳴に近い声で懇願した。

「ま、待ってくれ！　わかったけん、わかったけん……」

語尾を震わせながら、抱えていたボストンバッグを、そろそろと差し出す。

沖は銃口を高安の額につけたままバッグを受け取ると、側にいた三島に放った。

ボストンバッグのファスナーを開ける音がして、三島が声高に断じた。

「ほんまもんじゃ！」

銃口はそのままに、ボンネットから飛び降りる。

「間違いないの！」

ビニール袋の口を開けて粉をひと舐《な》めし、三島が興奮した声で言う。

「おお、正真正銘、特上シャブじゃ！」

沖は仲間に向き直り、叫び声を上げた。

「よし、逃げい！」

沖の声を合図に、メンバーたちは一目散に駆けだした。

倉庫の陰に、車を二台停めてある。メンバーが分乗してきたものだ。

仲間がランドクルーザーから離れたことを確認すると、沖も自分たちの車に向かって走り出した。

「てめえ、待てこら！」

五十子の組員が、虚勢を張って見せる。

沖はランドクルーザーに向け、機関銃をぶっ放した。

耳のすぐ横で、拳銃の発砲音がした。

三島だった。伴走するように沖の横に並びながら、銃を撃っている。

「みんな、乗ったか」

走りながら沖は訊《たず》ねた。

三島が息を切らして言う。

「おお、あとはわしらだけじゃ」

ふたりは無言で走った。

倉庫の陰に隠していた車にたどり着くと、すでにエンジンがかかり、いつでも発進できる状態になっていた。

車の後部座席を開けて、元が叫ぶ。

「ふたりとも、こっちじゃ！」

沖と三島は、飛び込むように、元の隣に乗り込んだ。

ハンドルを握っている塩本《しおもと》がアクセルを踏み込む。

タイヤが悲鳴を上げた。

塩本は呉寅会に最近入ったメンバーだ。十八歳で無免許だが、メンバーのなかでは一、二を争う名ドライバーだった。本人いわく、小学生のときからハンドルを握っていたという。

沖たちを乗せた車が急発進すると、もう一台の車も猛スピードでついてきた。港の敷地を出るまでは、誰も言葉を発しなかった。が、車が市道に出て港から離れると、誰からともなく笑い声が漏れた。声は次第に大きくなり、やがて車中に哄笑《こうしょう》が弾《はじ》けた。

元が沖と三島のほうに身を乗り出す。

「やったのう！」

三島も前のめりになる。

「当たり前じゃ！　呉寅会がヘタうつような真似するか！」

真ん中に座る沖は、詰め寄ってくるふたりを腕で押しのけると、三島が膝《ひざ》に抱えていたボストンバッグを手にした。

ファスナーを開け、改めて中身を確かめる。

この白い粉が、大金になる――。

沖は口角を引き上げた。

「金の方は残念じゃったが、シャブだけでも大儲《おおもう》けじゃ」

沖は塩本に叫んだ。

「早《はよ》う、アジトへ向かえ。そこで祝いの酒盛りじゃ！」

「へい！」

塩本は大声で答えると、さらにスピードを上げた。


ラーメンを食べ終えた沖は、シャツの胸ポケットから煙草を取り出した。テーブルにあったマッチで火をつける。

大きく煙を吐き出すと、同じように食後の一服に火をつけた三島が、話を蒸し返した。

「じゃが、やつも浮かばれんじゃろうのう」

まだラーメンを食べ終えていない元が、麺《めん》を啜《すす》りながら三島を見る。

「やつ？」

三島が小声で言う。

「竹内じゃ」

元が目を伏せ、ああ、と声を漏らす。

シャブの強奪に成功した沖たちは、後日、扇山に向かった。竹内に会うためだ。竹内は水を飲み切り、パンもすべて食べつくしていた。

沖は期待の目を向ける竹内の背後に回った。
「いま、縄を解いちゃるけんの」
安心させるため、優しく声を掛ける。
拳銃を取り出した。
せめてもの手向けに、苦しまずに済むよう、一発で後頭部を撃ち抜いた。
脳漿《のうしょう》と血が飛び散り、竹内が前につんのめる。
即死——自分が死んだことさえ、気づかなかったはずだ。
ヤクザ稼業は死と隣り合わせとはいえ、竹内の死は犬死にに過ぎない。
仲間を裏切り、命乞《ご》いしたヤクザの末路など、そんなものだ。
沖は代金をテーブルの上に置くと、椅子から立ち上がった。
「ごちそうさん」
海坊主は顔も上げず、鍋《なべ》のスープの味見をした。

五章

眩《まぶ》しさを感じて、瞼《まぶた》を開ける。

細めた目に、光が突き刺さる。

思わず額に手をかざすと、隣で誰かが笑う気配がした。

清子《きよこ》だった。腕のなかに、赤子がいる。

息子の秀一《しゅういち》だ。母親の腕に抱かれて、すやすやと眠っている。

辺りは一面の芝生で、いたるところに樹木が植えられている。

なかでもひときわ大きな樹の傍らに、三人はいた。

身を起こし、空を見上げる。雲ひとつない快晴だ。天空には、陽が燦々《さんさん》と輝いている。大上の目を射貫《いぬ》いた光は、茂った葉のあいだから差し込む、木漏れ日だった。

もう一度、大の字に寝転がる。

秀一を抱いた腕を揺らしながら、清子が大上に微笑みかける。

自然と、大上の口元にも笑みが浮かんだ。

親子三人で、こんなにゆったりとした時間を過ごすのは、いつ以来だろう。清子と秀一に会うこと自体、ひどく久しぶりのような気がする。

胸ポケットに手を入れ、煙草を探す。パッケージを取り出した。手を入れる。

空だった。

舌打ちをして、パッケージを握り潰《つぶ》す。

秀一がぐずりはじめた。

見ると、清子が秀一をあやしながら、ワンピースの胸ボタンを外しているところだった。

豊かな乳房を出すと、清子は秀一に含ませた。

大上は慌てて身を起こし、周囲を見渡した。

ひと気はない。

こんなにいい天気なのに、家族連れはおろか、カップルの姿も見えない。広場にいるのは大上たちだけだ。

清子が、菩薩《ぼさつ》のような笑みを浮かべ、大上を見る。

秀一は母親の乳房に縋《すが》りついている。

全力で乳を吸っているのだろう。秀一の額には、汗が光っていた。

清子の白い乳房に、大上は目を細めた。

性的な感情は湧いてこない。生きるために必死に乳を飲む子と、子を育てるために乳を与える母親の姿に、大上は尊さを感じた。

心が満ち足りた気分になる。

大上は再び寝転んだ。木漏れ陽が心地いい。

どのくらいそうしていたのだろうか。肌寒さを感じて、目が覚めた。どうやら微睡《まどろ》んでいたらしい。

風が出てきて、木の葉がざわざわと揺れている。

あたりも薄暗くなっていた。雲が出てきたのか、陽が傾いたのか。そのどちらかだろう。

もう帰った方がいい。

そう言おうとして、隣に目をやった。

清子がいない。秀一の姿もない。

大上は起き上がって、周囲に目を凝らした。

人影はない。

少し離れたところに池がある。かなり大きな池だ。なぜさっきは気づかなかったのか。

もしかしたら、清子は秀一を連れて、池の魚でも見に行ったのかもしれない。

大上は立ち上がり、池に向かって歩き出した。

池のなかほどに、手漕《てこ》ぎのボートが一艘《そう》浮かんでいた。

乗っているのは清子だった。秀一も一緒だ。母親に抱かれている。

風が強くなった。空模様も怪しい。

雨が降るかもしれない。

大上は池に向かって走り出した。

「清子。もう帰るぞ」

大上の声が聞こえないのか、清子は振り向かない。視線を下に落としたまま、じっとしている。秀一を見つめているようにも見えるし、項垂《うなだ》れているようにも見える。

池の縁《ふち》にくると、大上は両手を口もとに当てて、先ほどより大きい声で叫んだ。

「ひと雨くるぞ。早く戻れ」

言ったそばから、ぽつりと雨粒が落ちてきた。

「おおい！　清子、聞こえんのか！」

声を張る。だが、清子はぴくりとも動かなかった。

ボートは次第に岸から離れていく。清子がオールを漕いでいる様子はない。風に押されているのだろう。もしかしたら、急に気分が悪くなり、動けずにいるのかもしれない。

雨脚が強くなってきた。

大上はシャツとズボンを脱ぎ、下着だけになった。

池に入り、ボートに向かって泳ぎだす。

真夏だというのに、池の水は真冬のそれのように冷たい。

大上は懸命に泳いだ。

が、ボートとの距離は一向に縮まらない。むしろ遠のいていく。

焦る大上の目に、ボートの先の光景が飛び込んできた。

あるはずの地面がない。途切れている。池のその先からは、大量の水が流れ落ちる音がしていた。

滝だ。

池だと思っていたのは川で、この先は滝になっているのだ。大音量から、相当大きな滝だとわかる。

雨に煙る水面を見た。ボートは滝に向かって進んでいる。

胸が締め付けられる。鼓動が跳ね上がった。

「清子！　滝じゃ！　早《はよ》うこっちへ来い！」

大上は必死に手足をばたつかせた。しかし身体は、一向に前に進まない。水はどろりと重く、まるでコールタールのなかを泳いでいるようだった。

ボートの清子が、顔を上げてこちらを見た。

豪雨のなかで目が、強い光を放っている。

身体が凍った。

さきほどの温かい眼差《まなざ》しではない。じっと大上を見つめる目には、怒りと悲しみ、譴責《けんせき》の色が滲《にじ》んでいた。

大上は叫んだ。

「清子！　すまん！　わしの所為《せい》じゃ。全部わしが悪いんじゃ。謝るけん、頼むけん、戻ってくれ！」

なにに対して詫《わ》びているのか、大上自身よくわからなかった。だが、自責の念が、抑えられない。濁流のように押し寄せてくる。

清子は動かない。暗い目で大上を見据えながら、流れに抗《あらが》うことなく、ボートの揺れに身を任せている。

大上はなんとか追いつこうと、懸命に手足を動かした。

切れ切れの息で叫ぶ。

「駄目じゃ、そっちは、駄目じゃ！」

水が落ちる轟音《ごうおん》が近くなる。

大上は呆然《ぼうぜん》と口を開け、あたりを見渡した。

誰か、助けてくれる者はいないか。浮き輪のようなものはないか。長い紐《ひも》でもいい。清子と秀一を救えるものはないか。

混乱する頭で周囲を探していると、甲高い音がした。

それは水が落ちる大きな音のなかで、ひと際高く響いた。清子の叫び声のようでもあり、車が急発進したときの、タイヤが擦《こす》れる音にも似ていた。

ボートを見た。

一瞬だった。

ボートは滝の向こうに、吸い寄せられるように姿を消した。

絶叫が迸《ほとばし》る。

「清子ぉ！　秀一ぃ！」

自分の声で、大上は目を覚ました。

見慣れた天井が目に入った。つけっぱなしの蛍光灯が、切れかけて点滅している。

首のあたりが気持ち悪くて、手を当てた。汗でぐっしょり湿っている。身に着けている肌着が絞れるほどだ。

昨日は瀧井組を出たあと、洋子のラウンジへ顔を出し、明け方まで飲んだ。ふらつく足で自分の部屋にようやく戻ると、シャツとズボンを脱いで、そのまま万年床に倒れこんだのだった。

喉《のど》の渇きを覚え、流しに行った。

水道の取っ手を捻《ひね》り、蛇口に口をつけて水を飲む。

水を止めると、口元を手の甲で拭《ぬぐ》った。

大きく息を吐き、自分の部屋を眺める。借り上げの木造アパートだ。

六畳一間に、狭い台所だけの部屋は、脱ぎ散らかした服と、酒の空き缶、スーパーの弁当の空箱が散乱していた。

閉めたカーテンの隙間から、部屋に光が差し込んでいる。

布団に座り、枕元にある時計を摑《つか》んだ。

まもなく朝の八時。洋子の店を出たのが四時過ぎだったから、四時間も寝ていない。

大上は手のひらで顔を上から下へなでると、文机《ふづくえ》の上に置いてある写真立てを見た。なかには、清子が秀一を腕に抱いて笑っている写真があった。秀一の首が据わったころのものだ。

腕を伸ばし、写真立てを手に取る。

写真はセピア色に変色し、細部の画像は滲《にじ》んでいる。が、大上の頭のなかには、十一年経ったいまでも、ふたりの姿が鮮明に焼き付いている。

まるで眼前にいるように、清子と秀一の顔が脳裏に浮かびあがる。

今日のような夢を見たあとは、特にそうだ。

月に何度か見る夢——清子と秀一が目の前から姿を消す夢。ビルのいなくなる場所は様々だ。山の崖《がけ》のときもあれば、海水浴場のときもある。屋上や遊園地だったりもする。

夢に共通しているのは、突然降りだす豪雨と、自分の身体が思うように動かないことだ。どんなに必死にふたりを追いかけても無駄だった。清子と秀一は、大上の前から姿を消す。そして、いまのように、自分の叫び声で目を覚ます。

大上は写真立てを文机に戻すと、枕元の煙草を咥《くわ》え、火をつけた。

煙を大きく吐き出す。

ふたりが籍を入れたのは、大上が二十五歳、清子が二十一歳のときだった。

出会ったとき清子は、まだ十九歳だった。

いまは潰れてしまった街角の喫茶店に、清子はアルバイトとして勤めていた。笑窪《えくぼ》が可愛い女の子で、控え目な立ち居振る舞いに好感を持った。

大上が冗談を言うと、くすっと笑ったが、口元を手で押さえるその笑顔には、どことなく儚《はかな》げな色が漂っていた。注文が途切れてカウンターの側に佇《たたず》む清子の目は、いつも虚空を見詰めていた。

いままでの人生で、楽しいことなどなかった——宙を見やる清子の目は、まるでそう語っているかのように、大上には思えた。

あるとき大上は、コーヒーを運んできた清子に言った。

「清子ちゃん、相変わらず別嬪《べっぴん》さんじゃのう。どうせ、付き合《お》うとるこれがおるんじゃろ」

これ、と言いながら大上は、親指を立てた。

「そんなん、うち、おらんです」

清子は珍しく、怒ったように答えた。

「またまた。清子ちゃんみとうな可愛い女子《おなご》を、男がほっとくわけないじゃろ」

からかうような口調で大上は言った。

「うち、嘘はつきません。いままでも、これからも――」

清子は大上の目を見て、小さいがきっぱりとした声で言った。

一見、弱々しく見えるが、芯《しん》は強い女だ――。

このとき大上はそう思った。

「ほんまか。じゃったらわし、立候補しようかのう」

冗談めかして言ったが、半ば本気だった。

ふたりが外で会うようになったのは、その半年後だ。

清子の両親はすでに他界し、身寄りはなかった。アパートに、ひとりで暮らしていた。

大上は何度か清子をアパートまで送ったが、部屋には上がらなかった。清子はそう易々と、男を家に入れるような女ではない。上がろうとしたら、大切なものが逃げていく。そう思っていた。

付き合って一年後、まるで最初からそうなるのが決まっていたかのように、ふたりは籍を入れた。

秀一が生まれたのは、それから二年後だった。

安産で、母子ともに元気だった。

清子の腕のなかで、顔を真っ赤にして泣いている我が子を見て、大上は名前を秀一と決めた。多くは望まない。ひとつでもいいから、人より秀でたところのある人間に育ってほしい。丈夫な身体、優れた頭、強靭《きょうじん》な心、誰にも負けない技、なんでもいい。

それが、己を支える核になる。

大上にとって、清子と出逢《であ》ってからの四年間が、人生で一番満ち足りた時間だった。

たった四年と思うか、四年も、と思うかは人それぞれだろう。しかし大上にとっては、短すぎる時間だった。秀一は人並みに成長し、自分と清子は多少の波はありながらも、互いに年を重ねていくのだ、と大上は信じていた。

清子と秀一が死んだのは、いまから十一年前、秀一が一歳、清子が二十四歳のときだった。

ふたりは深夜の路上で、トラックに撥《は》ねられて死亡した。

当時、大上は広島北署の捜査二課で、第三次広島抗争事件の対応に追われていた。

呉原市に本拠を置く五十子会と、県下最大の規模を誇る綿船組の対立だ。

以前広島進出を目論《もくろ》んでいた五十子は、綿船が仕切る広島市の公共土木工事に、舎弟の友岡昭三《ともおかしょうぞう》を通して絡もうとしていた。

友岡組は、広島市西北に事務所を構える古くからの博徒《ばくと》だ。山口県山口市の老舗《しにせ》組織、河相《かわい》一家の流れを汲《く》み、広島極道のあいだでも一目置かれる存在だった。

そんななか、広島市中《なか》区の繁華街の路上で、些細《ささい》なことから、綿船組の二次団体である溝口組《みぞぐちぐみ》幹部と友岡組組員が諍《いさか》いを起こした。

その場にいた溝口組組員は五人。友岡組組員はひとり。多勢に無勢で、友岡組組員は溝口組事務所に拉致《らち》され半死半生の目に遭う。

友岡組が報復に出たのは、その三日後だった。

溝口組の幹部が、深夜、自宅マンションの前で何者かに射殺された。

溝口組はすぐに、友岡組の報復だと悟った。

殺されたのが、友岡組組員を事務所に連れ込んだ当の幹部だったからだ。

大上はその情報を、同じ綿船組の幹部である瀧井から仕入れた。

「のう。溝口んところのもんが弾《はじ》かれた件、こんなァなんか知っとろうが」

人払いした瀧井の事務所で、大上は声を潜めて訊《き》いた。

普通ヤクザは——それも筋の通ったヤクザは、組内に関することは警察に喋《しゃべ》らない。広島県警でも以前、恐喝の罪状で捕まった組幹部が、親分の関与を吐け、との四課の苛烈《かれつ》な調べに耐え兼ね、舌を嚙《か》み切って自殺未遂を起こした事件があった。幸い、すぐに病院に運ばれ、一命を取り留めたが、結局その事件は組長までたどり着くことはできず、逮捕者はその幹部だけに止《とど》まった。

瀧井銀次は広島で名の知れた金筋《きんすじ》のヤクザだが、大上にだけは沈黙の掟《おきて》を破る。高校時代からの不良仲間で、警察官とヤクザという真逆の立場になったが、肝胆相照《かんたんあいて》らす仲に変わりはなかった。

大上は瀧井からの情報で、警察内部での点数を稼いでいる。独自捜査を続けても、上層部がやたらと口を挟まない理由は、大上が手柄を上げているからだ。瀧井からの情報を捜査に役立て、大規模な抗争を未然に防ぐのが、自分の役目だと、大上は思っていた。

もっとも、瀧井は瀧井で、大上が漏らす警察情報を得て、身の安全と綿船組での確たる立場を保っている。

実利と友情——大上と瀧井の関係は、この横糸と縦糸で雁字《がんじ》搦《がら》めの腐れ縁を結んでいた。

大上の問いに、瀧井は顎《あご》を引いて肯《うなず》いた。

「章ちゃんじゃけえ、教えるんじゃが、ありゃァ上田《うえだ》の照《てる》の仕業じゃ。友岡がケツ掻《か》いたかどうかはわからんが、やったんは照で間違いないじゃろ」

上田照光《てるみつ》は友岡組の幹部で、恐喝と傷害、覚せい剤で三度の前科を持っている。大上も一度、強要の容疑で取り調べたことがあった。

上田は十代の頃から組に出入りしていた不良で、普段は大人しいが、切れるとなにを仕出かすかわからない、狂犬じみた男だった。二十代半ばに差し掛かったいまは、眉毛《まゆげ》を剃《そ》り落とし、袖口《そでぐち》の入れ墨を見せびらかして、繁華街を闊歩《かっぽ》していた。

「照と溝口が、なんぞあったんか」

大上は先を促した。

ひとつ息を吐き、瀧井が続ける。

「三日前にのぅ、照の手下《もつれ》と溝口の若いもんが揉《も》めてよ、事務所へ連れ込んだんじゃ。友岡がここんとこ、うちのシノギにちょっかい出しとるもんじゃけん、しごぉしあげちゃったんじゃが、やり過ぎてのぅ。半殺しにしてしもうたげな」

しごをする、というのは、広島弁で制裁を加える、という意味だ。

友岡が最近、綿船の握っている広島市の土木事業に横から嚙もうとしているという噂は、大上も知っていた。

「ほうじゃったんか……」

大上は宙を見やった。

友岡の背後には、兄貴分の五十子がいる。五十子会と友岡組を足せば、二百名近い組員がいる綿船組と互角に渡り合える。もし、五十子と綿船の戦争になれば、広島に再び、血の雨が降る。

大上は眉を顰《ひそ》めた。

「で、溝口は？」

ふん――鼻を鳴らし、瀧井が煙草に手を伸ばした。

「身内殺《と》られて、返しをせん極道はおらんじゃろ」

言いながら煙草に火をつけ、鼻から煙を吐き出す。

「わしんとこにものう、応援を出すよう、組から伝達が入っとる」

殺《や》られたら、殺《や》り返す――これが極道の掟だ。

大上がなにを言ったところで、もはや抗争は止まらないだろう。

「じゃったらこっちも、それなりの準備をせんといけんのう」

大上はそう言い残し、急いで署に戻った。

案の定、この事件に端を発し、まずは溝口組と友岡組のあいだで抗争が勃発《ぼっぱつ》した。

双方の諍いは、恐れていたとおり、それぞれの上部団体である綿船組と五十子会にも飛び火し、広島と呉原で、血の報復が繰り返された。

この報復劇は、それぞれの利害と対立が複雑に入り乱れ、広島の極道を二分する一大抗争へと発展する。

広島県警は、暴力団抗争対策特別本部を設置し、綿船組と五十子会の集中取り締まりに全精力を傾注した。

当然ながら取り組みは、県警本部のみならず、所轄《しょかつ》へも波及した。とりわけ暴力団担当の刑事たちは、管内を駆けずり回った。情報収集や資金源根絶、いたるところで起きる組員同士の諍い——まるで戦場にいるような、慌ただしさだった。

大上も例外ではない。むしろ、ほかの刑事より、勤務は苛烈を極めた。一日の睡眠時間が二時間を切ることも、珍しくなかった。

ほぼ毎日、署に詰めて、自宅に帰れる機会は、週に二日あるかないかだった。それも着替えを取りに帰るだけの、一時帰宅が大半だった。

乳飲み子を抱え、ひとりで日々過ごしている清子に、申し訳ない気持ちはあったが、その考えは胸の底にしまい込んだ。自分が動かなければ抗争は治まらないという自負があったし、ひいてはそれが、清子をはじめとする多くの市民を守ることに繋《つな》がると思っていた。

大上の役割は、五十子会を取り締まる最前線に立つことだった。

そこに私情を挟まなかったか、と言えば嘘になる。大上の、ある意味〝盟友〟である瀧井は、綿船組の幹部だ。

一方で五十子会会長の五十子正平は、金に汚いヤクザとして有名だった。呉原の顔役として、郊外に大豪邸を建て外車を乗り回しているが、子分たちには非情だった。上納金の額は年々上がり、シノギに汲々《きゅうきゅう》とする幹部も少なくなかった。

ヤクザとしてそれなりに筋を通す綿船に、大上は心のなかで肩入れしていた。

それがいつの間にか、日々の行動として表れていたのだろう。同僚のなかには、大上のやり方に、あからさまな嫌悪感を見せる者もいた。

が、大上は気にしなかった。

徹底的に、五十子を取り締まった。

競輪、競艇の呑《の》み屋、覚せい剤、みかじめ料など、組の資金を絶やすために、容赦なくどこまでも締め上げた。五十子会の組員を片っ端から引致《いんち》し、ときには暴力的取り調べも辞さず、自白を強要した。

こうした行為は、五十子会の恨みを買い、大上自身が的に掛けられることになる。

裏道で、車のなかに引きこまれそうになったこともあるし、夜道で襲撃され、左足を刺されたこともある。幸い、怪我は大事には至らず、十針縫う程度で済んだ。

大上は襲撃された事実を、県警に報告しなかった。

その代わり、これまで以上に、五十子会を潰しにかかった。大上の行き過ぎた取り締まりに、県警上層部は眉を顰めた。が、表だって咎《とが》める者はいなかった。黒い猫でも白い猫でも、鼠を取る猫がいい猫だ、という考えがあったのだろう。

事件が起きたのは、そんな最中《さなか》だった。

五日ぶりに家に帰った大上は、疲れ果てていた。午後九時を回ったとき、今夜は帰ってゆっくり休むよう、上司から指示を受けた。大上自身も感じていたように、誰の目からも、体力の限界に達しているのがわかったのだろう。

束の間の休息を求めて、大上は倒れるように布団に横たわった。

隣の布団では、清子が秀一の添い寝をしている。

清子が身を起こし、そっと訊《たず》ねた。

「お腹、空《す》いとらん？」

大上は首を振った。

そのあと、清子と会話した記憶がない。おそらく、そのまま眠りに落ちたのだろう。

眠りから呼び戻されたのは、赤子の泣き声でだった。

大上は寝ぼけた頭で思考を手探った。

秀一の夜泣きだろうか、それとも夢だろうか。疲れ切った大上には、その判断すらつかなかった。

やがて、泣き声が聞こえなくなった。大上は再び意識を失った。

どのくらい眠ったのだろう。黒電話のベルで目が覚めた。

咄嗟《とっさ》に枕元の時計を見ると、午前四時近かった。

早朝の電話。暴力団絡みの呼び出しだと、瞬時に思った。

ふらつく足で玄関横の靴箱までたどり着き、上に置いた黒電話の受話器を上げた。

「大上章吾さんですか」

受話器の向こうで、若い女性の声がした。

所轄からではない――ぼんやりした頭でそう考えた。

はい、と答えると、女性は続けて訊ねた。

「大上清子さんと秀一くんは、ご家族ですか」

思いもよらない質問に、隣の布団を見る。

空だ。清子と秀一の姿がない。

悪い予感が、入道雲のように湧いてくる。心臓の鼓動が、たちまち速くなった。

なんとか自制し、受話器を握りしめる。

「ほうですが、なんぞあったんですか」

急《せ》かすように訊く。声が擦れた。

女性は選ぶように、言葉を発した。

「奥様と息子さんですが、その、交通事故に遭われまして……当病院に搬送されました。事故を目撃した方の話と息子さんが身に着けていたケープから、そちらのご家族ではないかと思い、あの、ご連絡差し上げた次第です」

心臓が早鐘を打つ。思わずその場にしゃがみ込んだ。

空気を求め、喘《あえ》ぎながら訊いた。

「清子は、秀一は――」

無事なのか訊ねる前に、女性が口を挟んだ。

「すぐにこちらへいらしてください。正面玄関は開いていないので、救急病棟からお入りください」

大上は受話器を置くと、シャツとズボンを身に着けた。

混乱する頭で、事態を整理しようとしたが、無駄だった。

――いったい、なにが起きた。なんでこんな時間に、清子と秀一が交通事故に遭う？

病院に向かうタクシーのなかで、同じ疑問が何度も頭のなかを駆け巡る。

病院に着き、運賃を払うのももどかしく救急病棟のなかへ駆け込むと、手術着を着た中年男性の医師と、淡いブルーのスモックを着た看護婦が待合室にいた。後ろに控えるように、北署二課の、塩原正夫の姿も見える。

なぜ塩原がここにいるのか。訊ねようとしたとき、医師と看護婦のふたりの服に、血の跡があることに気づいた。

身体が震えるのが、自分でもわかる。

医師が大上に声をかけた。

「大上章吾さん、ですね」

大上は大きく肯いた。

「そうです。わしが大上です。妻は……清子と秀一はどこにおるんですか」

塩原が大上の腕を摑んだ。気づくと、医師の胸元を摑み上げていた。

動揺している自分を落ち着かせるために深呼吸をして、改めて訊ねる。

「清子と秀一は、どこにおるんですか。交通事故に遭ったと聞きましたが、怪我の具合はどうなんですか」

「こちらへ」

大上の問いになにも答えず、医師は地下へ続く階段を下りていく。

大上もあとへ続いた。背中に嫌な汗が流れ、動悸《どうき》がますます激しくなる。

階段を下りながら、吐き気が込み上げてきた。

霊安室は地下にあると、大上は知っていた。事件関係者の身元の確定に、なんども足を運んでいる。

地下の通路の突き当たりに、観音開きの白い扉があった。

医師が無表情に扉を開ける。

線香の匂いが交じった冷えた空気が、大上を包んだ。

コンクリートの壁でできた部屋の真ん中に、ベッドがふたつあった。

大人と乳児と思われる遺体が横たわっている。ふたりとも、首から下は白い布団で、顔は白い布で覆われていた。

医師は先を譲る形で、部屋の隅に退いた。

見たくない、でも確かめなければいけない――ふたつの思いが、頭のなかで交差する。

ふいに後ろから肩を叩《たた》かれた。

塩原だった。

「わしが、確かめるか？」

いつにない、優しい声だった。

大上は首を振った。清子の夫であり、秀一の父親である自分が確認しなければいけない、そう覚悟を決めた。

大上は震えている足に力を込め、ベッドへ近づいた。

ベッドの前にくると、大人の遺体の顔の布を、そっと外した。

人は本当に動揺したとき、声が出ないのだと、このとき大上は知った。

清子だった。

肌がいつもより白いくらいで、顔には傷ひとつない。

続いて乳児の遺体の顔の布を捲《まく》った。

秀一だった。

清子と違い、小さな顔は傷だらけだった。撥《は》ねられた衝撃で、路上に叩きつけられたのだろう。頬骨のところが、青黒く腫《は》れている。

呆然と立ち尽くす大上の横に、いつのまにか塩原が立っていた。

小声で、独り言のように語る。

「事故を目撃した住人から電話が入ってのう。交機《こうき》が現場に向かったが、お前の家族だとは、露ほども思わんかった」

塩原の話によると、事故の概要はこうだった。

現場近くの雀荘《ジャンそう》で打っていた男が、赤ん坊の泣き声に気づき、窓を開けた。

外は雨が降っていた。

路上の隅で、傘を差した女が、赤ん坊を背負いあやしていた。大きな泣き声から、夜泣きだとわかった。

こんな夜中に、母親は大変だ。

そう思いながら窓を閉めようとしたとき、激しい衝突音がした。驚いて道路に目をやると、一台のトラックが猛スピードで立ち去るところだった。

咄嗟に、親子の姿を探した。母親はその場に倒れ、赤ん坊は少し離れた場所に転がっていた。

トラックが立ち去った方向を見やったが、戻ってくる気配はない。

轢《ひ》き逃げだ。

一緒に打っていた仲間に警察と救急へ電話するように伝え、男は表に飛び出した。

「おい、大丈夫か。おい！」

母親の身体を揺すり、声をかける。母親はぐったりとしてなにも答えない。口と耳から、血が流れていた。

男は急いで赤ん坊へ駆け寄った。抱き上げて叫ぶ。

「おい、泣けよ。ほら、さっきみてぇによ！」

母親と同じく、赤ん坊も声を発しない。医者ではない男にも、赤ん坊はすでに死亡しているとわかった。顔面は血だらけで、首があらぬ方向に捩《ねじ》れていた。

塩原は大上の肩に手を置いた。

「現在、道路のいたるところに緊急配備が敷かれている。逃げたトラックの特徴は、目撃情報から幌《ほろ》がついた二トントラック。現場に残っていた車体の破片から、車の色は灰色だと判明した。すぐ、検問で見つかるじゃろ」

慰めるように言う。

大上の耳に、塩原の言葉は届いていなかった。動かなくなった清子と秀一を直視するだけで、精一杯だった。

医師の隣にいた看護婦が、毛糸で編んだケープを持ってきた。清子が秀一のために、自分のセーターをほどいて作ったものだ。白いケープに紺色で、しゅういち、と刺繍《ししゅう》が施されている。

「この名前を警察にお伝えしたら、刑事さんが病院に駆けつけてこられて……」

塩原は足元の小石を蹴るように、項垂れた。

「通信指令からの情報での、赤ん坊の名前、現場はお前の自宅のそば、被害者ふたりの推定年齢を知って、もしやと思ってここに来た」

大上は看護婦から雨で汚れたケープを受け取ると、抱きしめた。まだ、乳臭い秀一の匂いが残っている。

そのまま床に膝《ひざ》をつくと、大上は堰《せき》を切ったように号泣した。

遺体安置所で塩原は、検問ですぐに該当車両は見つかる、そう言ったが、その推測は当たらなかった。

事故後の捜査でわかったことは、事故直前にトラックが出していたスピードは時速六十キロ以上ということだった。清子の臓器の破損状態と、撥ねられた現場から赤ん坊が路上に倒れていた場所までの距離、路上に残っていたトラックのタイヤ痕《こん》から、そのように推測された。

二十四時間態勢で検問が張られたが、該当する車両は見つからなかった。

該当車両が発見されたのは、事故から二日後だった。

トラックは現場から二キロ離れた里山の路上で見つかった。周辺の一キロ範囲は、私有地になっていて、土地の所有者に話をきいたところ、春先の山菜の時期にしか山に入らないとのことだった。

しかし、私有地にある、背の高い雑草が生い茂った駐車場所に至る道には、明らかに人の手によって草を刈った跡があった。トラックを通りやすくするためだろう。犯人はひとりではないと思われた。

警察は、まさか私有地へ続く一本道を使うことはないと想定し、その道には検問を張らなかった。県外、市街地へ続く幹線道路や、思いつく限りの裏道に、捜査員を配置していた。トラックが私有地から発見されたとの通報が入ったとき、捜査員の誰もが愕然《がくぜん》とした。

トラックが発見されてからすぐに、車体についていた車両ナンバーの照会がなされた。

ナンバーから、トラックは徳山市の建設業者のものと判明したが、当該車両は、事故が起きる二日前に盗難届が出されていた。

捜査員たちは、すぐに指紋採取や微細遺留物の発見に全力を注いだが、車両の内部からも外部からも、指紋は出てこなかった。ハンドクリーナーで吸い取ったのか、内部微細遺留物も発見されなかった。


妻子を荼毘《だび》に付したあと、自分の両親が眠っている墓に、ふたりの遺骨を納めた。葬式は家族葬にした。清子には身内がいない。自分も同じだ。ならば、大上、清子、秀一の家族三人で式を執り行うと決めた。

菩提寺《ぼだいじ》の和尚《おしょう》が墓を立ち去ったあと、大上はポケットに入れていた線香を取り出し、ライターで火をつけた。

墓の両側にある線香立てに入れる。

事故の日とは裏腹に、秋晴れの空が広がっていた。

大上はシャツの胸ポケットから煙草を取り出し、火をつけた。墓石の側にある大きな石に腰かける。

煙草を吹かしながら、事故の日の夜を、推測を交え回想した。

疲れて帰った大上は、清子とろくに会話もせず眠りについた。

きっと清子は、大上の疲労を察したのだろう。そのまま自分も床についたが、やがて秀一の夜泣きがはじまった。

疲れて寝ている夫を起こしてはいけない。そう思った清子は、火が付いたように泣いている秀一を負ぶって外へ出た。

傘を差し、清子は秀一をあやしながら、アパートから道を隔てて一本先にある県道に向かった。

子供の泣き声が近所迷惑にならないよう、表通りまで出たのだろう。清子はそういう女だった。

雨の夜は視界が悪い。まわりの音も、傘を打つ雨の音で、聞こえづらかっただろう。

よほど近くに迫るまで、清子は背後からトラックが猛スピードで近づいてきていることに気が付かなかったはずだ。車の音で振り返ったときには、たぶん、もう遅かった。トラックはふたりを撥ね飛ばし、そのまま逃げた。

大上は墓石に向かって項垂れた。激しい自責の念に襲われる。

自分がしっかりしていれば、こんな事故は起こらなかった。疲れていたというのは言い訳だ。ほんのわずかな時間でもいいから、自分が秀一をあやしていれば、もしくは大上を気遣い、外へ出ていこうとする清子を引き留めていれば、ふたりは死なずに済んだ。

いや、自分がマル暴の刑事でなければ、こんな事故は起きていないはずだ――。

大上は墓石を睨《にら》んだ。

これはただの轢き逃げではない。自分の妻子を狙った殺人だ。

大上の住居など、警察の内部情報者を抱える暴力団なら、すぐにわかる。

夜中の猛スピードも解せない。いくら、なにかしらの事情で急いでいたとしても、雨の夜に六十キロ以上で走行するなど自殺行為だ。

今回の絵面《えづら》を描いたやつらも、およそわかっていた。

ナンバーから判明した車両の持ち主は、徳山市内の建設業者。徳山には、そこを本拠地とする老舗の組織、河相一家が看板を掲げている。最初に溝口組と揉めた友岡組は、河相一家の流れを汲んでいた。友岡は五十子会会長、五十子正平の舎弟だ。

五十子は、綿船組の肩を持つ大上を潰そうとした。だが、何度、大上を襲撃しても埒《らち》が明かなかった。ならば、大上が最も大切にしているものを奪う。さすがの大上も戦意をそがれ、五十子に歯向かわなくなるだろう。そう考えたに違いない。

事故があった日、おそらく五十子会系の組員が大上の家を張っていたのだ。いや、その前からかもしれない。たまたま、深夜の人目がない時間に母子が表に出てきたのが、その日だったのだろう。

清子と秀一が出てきたことに気づいた組員は、トラックの運転手と無線で連絡を取った。

無線を受けた運転手は、計画通り、母子を轢いて逃げた。

大上は顔をあげて空を仰ぎ見た。

なぜ、自分を殺さなかった。なぜ、なんの罪もない清子と秀一を殺した。

もう、何十回となく脳裏に浮かんだ自問だ。

俺が刑事だからか。俺が瀧井と繋がっているからか。

女、子供の方が、殺し易いと思ったからか。

自答する端から、虚《むな》しい笑いがこみ上げてくる。

ひとしきり笑ったあと、大上は血走った目で虚空を睨んだ。

妻と子供を殺せば、戦意喪失するだと――。

笑わせるな。その逆だ。俺は一生かけてでも、五十子の首を取ってやる。

大上は吸っていた煙草を地面でもみ消すと、指で遠くへ弾いた。

立ち上がり、墓を見下ろす。

――清子、秀一、待っとれ。きっと仇《かたき》は討っちゃる。

大上はズボンのポケットに両手を突っ込むと、墓地をあとにして歩き出した。

布団に胡座《あぐら》をかき、新しい煙草を口にする。

天井に向かって、煙を吐いた。

煙のなかに、沖の顔が浮かぶ。

いま、五十子は沖が目障りで仕方がない。沖を見つけ出し、どう始末するかを考えているはずだ。

いずれどこかで、五十子と沖は必ずぶつかる。沖を泳がせ、どう使えば、五十子を追い詰めることができるのか。

――五十子を潰せるなら、利用できるものはなんでも使う。

頭に一之瀬守孝《いちのせもりたか》が浮かんだ。五十子と同じ呉原市に暖簾《のれん》を掲げる老舗の博徒《ばくと》、尾谷組の若頭《わかがしら》だ。歳は大上の十歳ほど下だから、二十八になったか、ならないかだろう。まだ若いが男気のあるヤクザで、若い頃から大上は目をかけてきた。

五十子と尾谷は対立している。

一之瀬なら、大上が求めている五十子の情報も、沖に関する情報も、なにかしら知っているかもしれない。

大上は側に脱ぎ散らかした服を掻き寄せた。

一之瀬に話を振ってみよう。なにか妙案が浮かぶかもしれない。
大上は手早く服を着替え、アパートを出た。

六　章

沖虎彦は、激しく揺さぶられて目を覚ました。

驚いて半身を起こすと、隣で真紀《まき》が心配そうに沖を見ていた。

「ごめんね。あんまりうなされとったけェ、心配で」

真紀が肌着の胸を撫《な》でる。

「すごい汗」

首筋に手を触れた。汗でぐっしょり濡《ぬ》れている。

「ねえ、なんか悪い夢、見とったん？」

真紀が、沖の目を覗《のぞ》き込む。

視線から逃れるように、沖は傍らの煙草に手を伸ばした。

「女から追いかけられる夢を見とった。仰山おったが、みんなええ女でのう。上に伸し掛かられてもがいとるところで、起こされた」

真紀は口を尖《とが》らせ、沖の右頬を軽く叩《たた》いた。

「なんね。心配して損したわ」

頬を緩め、真紀の肩を引き寄せる。

「嘘じゃ嘘じゃ。昨日、お前にも話したろうが。みっちゃんと元とラーメン食うたあと、安い居酒屋ァ梯子《はしご》したいうて。そんとき、みっちゃんがフラれた愚痴をまくしてたんじゃが、それが夢ん中まで出てきたんじゃろ。ほんま、やっとられんわ」

半分は嘘だ。三人でラーメンを食べ、飲み屋を梯子したところまでは本当だが、あとは偽りだった。

真紀は沖の言葉を信じたようだ。素直なのか、人を疑うことを知らないのか。おそらく後者だろう。だから、いままで何人もの男に泣かされてきたのだ。

真紀は機嫌を直したらしく、少し拗《す》ねながら沖に甘えてきた。

「夢でうなされるじゃなんて、子供みたいじゃね。可愛いわ」

真紀とは、呉原から広島に出てすぐ知り合った。ふらりと立ち寄ったスタンドバー「クインビー」でだ。

広島の繁華街、流通りにあるクインビーは、狭いカウンターとボックス席がふたつあるだけの、こぢんまりした店だ。

ママの香澄《かすみ》は四十五歳で通しているが、本当の年齢は五十五だと、あとで真紀は教えてくれた。愛想がない代わりに裏表もない、さっぱりした性格で、一見《いちげん》の沖たちをまるで常連客のように扱った。

これも真紀から聞いたことだが、ママの夫はヤクザで、笹貫組の幹部だという。第二次広島抗争で敵対する組の幹部を殺し、現在、鳥取刑務所に服役しているらしい。香澄のからりとした気性が気に入り、何度か店に通ううち、気がついたら、真紀とできていた。

愛嬌《あいきょう》のある顔をしているが、真紀は決して美人ではない。目や鼻が小さく、地味な顔だ。が、胸と尻《しり》はでかい。豊満な身体が目当てで、店に通う男も少なくない。自分では二十歳だと言っているが、どう見ても五歳はサバを読んでいる。

沖には呉原に女がふたりいるが、広島に出てからは真紀の部屋に入り浸っている。昨日も三島と元と別れたあと、クインビーで朝まで飲み、そのまま真紀の部屋へなだれ込んだ。

真紀が壁の時計を見やった。つられて沖も、時間を確認する。針は午後五時を少し回っていた。閉め切ったカーテンから、西陽が差し込んでいる。

「うち、そろそろお風呂《ふろ》行ってくるけど、なにか買《こ》うてくる？」

八時から店に出る真紀は、いつもこの時間に銭湯へ行く。

真紀が住んでいるアパートは築二十年を超える木造モルタル造りで、風呂がない。二階建てのアパートで各階に四部屋あるが、埋まっているのは、真紀の部屋を含めて三部屋だけだ。いくら安いとはいえ、いまどき、風呂がついていない物件を選ぶ者は少ないのだろう。

沖は煙草に火をつけ、煙を吐き出した。

「いらん、二日酔いでなんも食う気がせん」

「そうなん？　じゃけど、なんかお腹に入れたほうがええよ」

「ええけ。こんなァ、早《はよ》う風呂に行ってこい」

真紀はこちらにちらりと視線を投げたが、それ以上、無理強いしなかった。鼻歌を唄《うた》いながら、銭湯へ行く準備をはじめる。

タオルや石鹼《せっけん》、下着などを入れたビニールバッグを持つと、ドアの前で振り返った。

「お風呂から戻ったらサービスするけん、昨日の分も頑張ってよ」

真紀が科《しな》を作って微笑む。

沖は苦笑いを浮かべて、軽く肯《うなず》いた。昨日は真紀を抱いたまま、途中で寝てしまった。真紀の身体にも、そろそろ飽きている。

ドアが閉まる音を聞くと、沖は灰皿で煙草を揉《も》み消し、手洗いに立った。

長い放尿を終え、唾《つば》を便器に吐き出す。

台所で水を飲み、再び布団に寝転んだ。

新しい煙草を咥《くわ》え天井を睨《にら》むと、さっき見たばかりの夢が脳裏に蘇《よみがえ》った。

父親の夢だ。

沖が物心ついたころから、父親の勝三はヤクザだった。

いつから組に出入りしはじめたのか、母親の幸江《さちえ》とどこで知り合ったのか、沖は知らない。訊《き》いたこともないし、おそらく訊いても勝三は答えなかっただろう。母親はまだ健在だが、訊《たず》ねる気はなかった。いまさらどうでもいい。意味がないことはしない——それが沖の流儀だ。

親戚《しんせき》のことも、勝三と幸江の家族のことも知らない。

幼い頃、遊び仲間が祖父母の話をしているのを聞いて、一度だけ自分の祖父母について訊いたことがある。祖父母はどんな人なのか、どこにいるのか。

その問いにすら、ふたりは口を閉ざした。しつこく聞くと、そんなもんおらん、と勝三は怒鳴った。子供心に、触れてはいけないことだと察し、それ以来口に出したことはない。

ふたりとも親から勘当されたか、駆け落ちしたか。なんらかの理由で、実家とは縁が切れたのだろう。成長するにつれ、そう思うようになった。

幸江はともかく、勝三は親からも見捨てられて当然の男だった。

勝三は滅多に家に戻ってこなかった。家といっても、古くて狭い平屋で、ともすれば、物置と間違えられるような代物だ。

どこかに女がいたのか、それとも事務所で寝泊まりしていたのか、あるいは雀荘《ジャンそう》に入り浸っていたのか。いずれにせよ、女房や子供など、どうでもよかったことに違いはない。

たまに家へ帰って来ると、勝三からはいつも酒の臭いがした。淀《よど》んだ目をして、金をせびり、幸江が拒むと手を上げ、足蹴《あしげ》にし、なけなしの金を鷲掴《わしづか》みにして家を出ていった。

沖が小学四年生か五年生のときだ。

いつものように勝三が、金を取りに家へ帰ってきた。ふがいない夫への嘆きか、怒りか、情けなさからか。幸江は、家にはもう一銭もない、といつも以上に泣き崩れた。おそらく博打《ばくち》の借金が嵩《かさ》み、どうにもならなかったのだろう。勝三は怒り狂って、ものに当たり散らし、家のなかを血走った目で家探しした。

ちゃぶ台をひっくり返し、妹の順子《じゅんこ》が折っていた折り鶴を踏み潰した。ひとつしかない箪笥《たんす》の引き出しをすべて開け、なかのものを乱雑に抛《ほう》り投げた。部屋はまるで、盗人が入ったあとのようだった。

どこを探しても金はみつからなかった。

それでも勝三は諦《あきら》めなかった。

散らかった衣類のなかから、大振りの風呂敷を見つけ出し、畳のうえに広げた。そのうえに、子供や妻の服を並べた。質屋に持って行って、金にするつもりなのだ。

並べ終わると、勝三は台所へ立った。売れそうな鍋《なべ》や薬缶《やかん》を探しに行ったのだ。

幸江が悲鳴をあげる。勝三の腰にしがみつき、やめて、と泣き叫んだ。

幸江の必死さに、台所になにかある、と察したのだろう。幸江を突き飛ばすと、勝三は台所を荒らしはじめた。

戸棚のなかをひっかきまわし、糠漬《ぬか》けの樽《たる》に手を入れた。流しの横にある米櫃《こめびつ》を開けたとき、勝三の手が止まった。

糠にまみれた手を、底が見えるほど減った米のなかにつっこむと、茶封筒を取り出した。

もどかしそうに封筒を開ける。なかを見て、勝三は卑しい笑い声をあげた。

「あるじゃねえか。金が」

封筒を取り戻そうと、幸江が飛び掛かった。

「やめて！　それは虎彦と順子の給食費なんよ。持っていかれたら、子供らが学校にいけんようになるけん。後生じゃけ、それ――」

言い終わらないうちに、勝三は幸江の顔に肘鉄《ひじてつ》を食らわした。

鼻が折れたのか、幸江は顔を血だらけにして、床にうずくまった。

勝三は額に血管を浮かべ、鬼のような形相で、幸江の横っ腹を蹴り上げた。

「おどりゃァ、ようもわしに嘘吐いたの！　おどれまでわしを馬鹿にするんか！　シ、ゴォしあげちゃる！」

言いながら、倒れている幸江の首根っこを摑み上げ、勝三は顔を拳《こぶし》で殴った。幸江が、声にならない呻《うめ》きをあげる。

勝三は血ばしった獣のような目で幸江を睨み、拳を振るい続けた。

玄関の引き戸のガラスに、人影が映っている。騒ぎを聞きつけた近所の住人が、気配を窺《うかが》っているのだ。

大人の頭が四つ——たぶん、両隣の夫婦だろう。

だが、引き戸を開け、声を掛ける者はいない。みな、勝三がヤクザで、暴れ出したら手がつけられない乱暴者だと、よく知っているからだ。隣家の女房や子供を案じてはいても、自分の身のほうが可愛いに決まっている。

助けてくれる者は、誰もいない。いつだって、そうだった。

沖は床に倒れている母親を見た。

——わしが母ちゃんを守らにゃァ、いけん。

そう思うが、身体が動かなかった。震えながら、泣き叫ぶ順子の肩を抱いていることしかできなかった。

順子は惨事から目を背け、兄の胸に顔を埋《うず》めていた。が、沖は勝三から目を離さず、目の前の地獄を凝視した。

勝三の果てしない暴力、泣く力さえ失い床に倒れている母親、部屋中に響く順子の泣き声。そのすべてが、何もできない自分を責め苛《さいな》み、勝三への憎しみを増長させた。

ふいに、勝三の手が止まった。肩を激しく、上下させている。息が切れたのだ。

大きく喘《あえ》ぐ勝三の口から、涎《よだれ》が零《こぼ》れた。口元を手で拭《ぬぐ》う。大声で泣いている順子を見た。

視線が刺さる。嫌な予感がした。

沖は妹を抱きしめ、勝三に背を向けた。

勝三はふたりに近づくと、沖の背後から順子の髪を鷲掴みにした。

「こん糞《くそ》ガキ、ギャーギャーうるさいんじゃ。近所迷惑じゃろうが！」

お前が糞じゃ——。

順子を庇《かば》いながら、心の中で叫ぶ。

恐怖と痛みで、順子の泣き声はさらに高まった。

勝三が舌打ちをくれ、順子の腕を摑む。

「黙れ言うとるじゃろうが！　躾《しつけ》しちゃるけ、こっちへ来い！」

無理やり沖から、順子を引きはがそうとする。

「やだ！　やだぁ！」

順子は沖にしがみつき、半狂乱で叫ぶ。

悲鳴に近い泣き声が、さらなる暴力衝動を刺激したのか、勝三は順子を守る沖の背中を足蹴にした。衝撃で横に吹っ飛ぶ。

「おい。来い言うたら、来いや！」

「嫌じゃ、嫌じゃ！　お兄ちゃん、お兄ちゃん！」

助けを求める妹の声に、思わず身体が反応した。

畳から身を起こし、無我夢中で勝三に挑みかかる。順子の腕を摑んでいる勝三の手の甲に、思い切り嚙《か》みついた。

勝三が悲鳴をあげる。

「このガキ！」

もう一方の手で、沖の頭を横殴りにした。

意識が飛びそうになる。

それでも、沖は食いついて離れなかった。ありったけの力で、毛深い手に歯を立てる。

「ぎゃあ！」

断末魔のような叫び声が、耳に響く。

沖の口のなかに、血の味が広がった。

「てめぇ！」

勝三は沖の口元を狙って、拳を叩き込んだ。
堪《たま》らず、ひっくり返る。
口から血が噴き出した。
舌で触る。
肉片と歯茎――。
口中の異物を、血と一緒に吐き出した。
畳に落ちた赤い唾のなかに、欠けた歯と肉片があった。
勝三を見やる。
血塗《ちまみ》れになった手の甲が抉《えぐ》れている。
皮膚を噛み取ったのだ。
自分の歯と、勝三の皮膚に、もう一度目を落とす。
戦利品――。
痛みより、喜びのほうが勝った。
笑い出しそうになる。
「お兄ちゃん！」
順子が叫ぶ。
同時に、頭に強い衝撃を覚えた。

ぐらりと揺れる視界の隅に、勝三の足先が見えた。頭部に蹴りを入れられたのだ。倒れかけた身体を、勝三が引き戻す。

沖の胸倉を摑み、血走った目で睨みつけた。瞳孔《どうこう》が開いている。大人になってから知ったが、シャブを喰《く》らった目だった。

勝三が唾を飛ばした。

「こん糞が！　それが親に対する態度か。誰のおかげで生まれてきたんない！」

沖の頭でなにかが破裂した。かつて覚えたことのない、制御不能の怒りの衝動。当時はその感情をなんと呼ぶかわからなかったが、いまならわかる。

殺意だ。

あのときはじめて、人を殺したいと思った。

雄叫《おたけ》びを上げた。

勝三の足にしがみつく。

「誰が産んでくれいうて頼んだんじゃ！　お前みとうなやつの子供になんか、生まれとうなかったわ！」

足を持ちあげ、ひっくり返そうとした。馬乗りになれば、子供でも勝機があると思った。だが、どんなに全力で挑んでも、子供の力では大人に敵《かな》わない。沖は逆に、畳の上にひっくり返された。体重を乗せた足で、腹を踏みつけられる。

胃のなかのものが逆流し、畳の上に嘔吐《おうと》した。
戻したものが喉《のど》につかえた。腹ばいになってせき込む。
気がつくと、部屋のなかに母親と妹の泣き叫ぶ声が響いていた。
勝三が苦々しげに怒鳴る。
「汚いのう！」
勝三は沖の首根っこを摑み、軽々と持ち上げると、壁に向かって放り投げた。
漆喰《しっくい》の壁に背中を打たれた。
呻き声が漏れる。
足に力を入れて立ち上がろうとしたとき、横っ面に拳がめり込んだ。
そこまでは覚えている。あとの記憶はない。
気がつくと、布団に寝ていた。
身体の表面は熱いのに、芯《しん》が冷えている。熱があるようだ。
天井の裸電球が点《つ》いている。いまは夜なのだろう。
曖昧《あいまい》な記憶をたどる。
昼飯を食べ終えたあと、勝三が家にやってきた。
いつものように、幸江に金をせびり、手をあげて、それから――。
そこまで遡《さかのぼ》ったとき、全身を激痛が貫いた。

反射的に声が出そうになる。が、痛みに遮られ、呻くことしかできなかった。

頭が覚醒《かくせい》するにつれ、混乱していた記憶が蘇る。

そうだ。自分は順子を守るために勝三に殴りかかり、逆に打ちのめされたのだ。

熱は勝三に殴られたためだろう。もしかしたら、どこか骨折しているのかもしれない。

仰向《あおむ》けに横たわっている沖の手を、小さな手が摑んだ。

痛みを堪《こら》え、顔を向ける。順子だ。沖が寝ている布団の傍らに座り、しゃくりあげている。ずっと泣いていたのだろう。目が真っ赤だ。

「お兄ちゃん。大丈夫ね……」

ようやく聞き取れる声で、順子が訊ねた。

――おお、大丈夫じゃ。

そう言いたかったが、声にならなかった。唇が腫《は》れ上がって開かない。

瞼《まぶた》も腫れているらしく、完全には目が開かない。

隙間のような視界の隅に、幸江の姿が映った。手に水枕を持っている。

幸江は沖の水枕を、新しいものと取り換えた。頭がひんやりして、気持ちが少し楽になった。

「あいつは……」

ようやくそれだけつぶやいた。

幸江は眉《まゆ》を引き上げ、吐き捨てるように言った。

「出ていった」

大きく息を吐いて続ける。

「給食費を持って。ほんまに、ありゃァ、人でなしじゃ……」

幸江は沖の額にそっと手を置いた。

「お医者さんへ連れていきたいけど、お金がないけえ、辛抱するんよ」

沖は顎《あご》を引き、こくりと肯いた。

勝三が持って行った金が、家にある最後の金だということは、沖も知っていた。とてもじゃないが、病院にかかる余裕などない。

額に置かれた幸江の手が、かすかに震えた。

「ごめんね」

幸江の言葉に、沖は大きく息を吸い込み、細く吐き出した。唇が震える。

幸江の目に涙が浮かんだ。

「お母ちゃんがしっかりせんけえ、あんたらにこがあな思いさせてしもうて。ほんま、ごめんね、ごめんね」

幸江は詫《わ》びの言葉を繰り返した。

沖は、目から零《こぼ》れそうになるものを、ぐっと堪えた。

きつく閉じた瞼の裏に、勝三の眼が浮かんだ。

白目は赤く血走り、瞳孔が開いた黒目は樹木の洞《うろ》のように暗い。淀んだ目の奥で、欲望だけがぎらぎらとしていた。人間らしい感情を失った勝三の目は、寺で見た掛け軸の、地獄の鬼を思い出させた。


煙草をビールの空き缶でもみ消した沖は、台所に立つと水道の水で頭を洗った。そばにあったタオルで髪を拭《ふ》く。

取り付け式の湯沸かし器に掛けてある鏡を見た。

顔色が酷《ひど》い。血走った目に、勝三のそれが重なる。

沖は鏡から顔を背けると、布団に戻って胡座《あぐら》をかいた。

勝三の夢を見るようになったのは、扇山に遺体を埋めたあとからだ。

内容はいつも同じだ。

どこかの古い部屋に、沖はひとりでいる。なぜ自分がここにいるのか、ここがどこなのかもわからない。窓からの景色は、霧がかかっているように、白くぼやけていて見えない。

なにもわからないなかで、沖にはひとつだけわかっている。ひどく恐ろしいものが、ここへ近づいているということだ。

錆《さ》びた鉄製のドアに錠を下ろし、ひとつしかない窓に鍵《かぎ》をかける。

色褪せたカーテンを閉めようとしたとき、窓ガラスの一部が割れていることに気がついた。

塞《ふさ》がなければ——。

沖はあたりを見回す。空家同然のがらんとした部屋には、板切れひとつない。

そのあいだにも、恐ろしいものが近づいてくる気配が強くなる。

どうする。

どうする。

焦る沖は、部屋に押し入れがあることに気づいた。

ベニヤ板、段ボール、なんでもいい。窓ガラスの穴を塞げるものがあることを願いながら開ける。

落胆した。押し入れには部屋と同じく、なにもなかった。

背筋を冷たい汗が伝う。

恐ろしいものが、もうすぐそこまで来ている。

乱暴にカーテンを閉めると、押し入れの中へ逃げ込んだ。襖《ふすま》を閉め、息を潜める。

古い家屋の壁は音が筒抜けだ。部屋の周りを、誰かがうろつく足音がする。

いきなり、鉄製のドアがガタガタと鳴る。無理やり開けようとしているのだ。ドアが開かないとわかったのだろう。足音は、ふたたび部屋の周りを歩きはじめる。

どこか、なかに入れる場所はないか、探しているのだ。

沖は頭を抱え、身を縮こまらせた。

——割れた窓ガラスに気づかんでくれ。

心で祈る。

しかし、沖の願いは通じなかった。

人がぼそぼそと話している声がして、窓ガラスがガタガタと音を立てた。

窓ガラスが割れていることに気がついたのだ。

割れているところから、手を入れて鍵を開ける気配がする。やがて窓が、軋《きし》みながら開く音がした。

人が中へ入り、部屋を歩き回っている。

沖を探しているのだ。

歩き回る足音が止まった。しんと静まり返る。

押し入れの中で沖は、口を両手で押さえ息を殺した。

——わしを見つけんでくれ。頼むけん、そのまま出てってくれ。

侵入者の足音が、窓のほうへ向かった。

――助かった。

沖がほっと息を吐いたとき、押し入れの襖がいきなり開いた。

ふいをつかれ、声も出せずに目の前の人影を見た。

息が止まる。

勝三だった。

皮膚は腐食し、ところどころ骨が見えている。

しかし、爛《ただ》れていても形相は、間違いなく勝三のものだった。

悪鬼のような恐ろしい目をして、手に斧《おの》を持っている。

勝三はにやりと笑った。

「ここにおったか」

逃げ出そうとした。しかし、身体が動かない。声も出なかった。金縛りにでも遭ったかのようだ。

勝三は沖を、押し入れから引きずり出した。

沖はされるがまま、畳にへたり込んだ。

勝三が見下ろす。斧を振り上げて言った。

「往生せいや」

きつく目を瞑《つむ》る。

いつもそこで、夢から覚めた。

沖は立ち上がるとカーテンを開けた。

西陽が目に眩《まぶ》しい。夕刊を配達し終えて帰る自転車が、窓の下をとおり過ぎていく。アパートに面している狭い路地を見ながら、沖は考えた。

勝三の夢は、ここしばらく見ていなかった。とうとう勝三から、逃れることができた。そう思っていた。それなのに、見てしまった。

なぜまた、あの夢を見たのか。

脳裏に、昨日、喫茶店で会った男の顔が浮かぶ。周りからガミさんと呼ばれていた広島北署の刑事、大上だ。

――こんなァ、もしかして沖の息子か。

大上が言い放ったひと言が、勝三の記憶を蘇らせたのか。そうだ。きっと、そうに違いない。

沖の頭のなかで、警報音が鳴った。

大上という刑事に、近づいてはいけない。

その一方で、もう一度会ってみたい、と思う自分がいた。

なぜだかは、わからない。相反する感情に自分でも戸惑う。

沖はカーテンを乱暴に閉めた。
いくら考えても、答えはでない。
壁に掛かっている時計を見る。六時前。そろそろ真紀が帰ってくる。
沖は煙草を一本吸い、手早く服を着た。
煙草をシャツの胸ポケットに入れると、ドアに鍵をかけず、部屋を出た。

七章

アパートを出た大上は、広島北署へ向かった。

正面玄関から入り、二課のドアを開ける。

定時の十分前。二十席ほどある椅子は、ほぼ埋まっていた。課員はそれぞれ新聞を読んだり、書類に目を通したりしている。

シマの上席に座っていた飯島武弘が、大上に気づいた。怪訝《けげん》そうな顔で大上にちらりと目をくれる。一瞬、顔を顰《しか》め、すぐに、手にしていた新聞に目を落とした。

大上が定時に出勤することなど、ほとんどない。たいがい課に顔を出すのは昼過ぎだ。大上が柄に合わないことをすると、なにか良くないことが起こる――そんな不安が、表情に出ていた。

大上は飯島に歩み寄ると、席の前に立った。

朝の挨拶《あいさつ》をする。

「おはようございます」

飯島はいま気づいたという態《てい》で、面を上げた。

「早いじゃないの。この時間にご出勤とは珍しいのう。こりゃァ、ひと雨くるかのう」

笑おうと思ったのだろうが、飯島の頰は引き攣《つ》っただけだった。

両手を開いて飯島の机にどんと置き、伸《の》し掛かるように顔を近づける。大上にそのつもりはなかったが、威圧的に感じたのか、飯島は反射的に仰《の》け反った。

相変わらず、肝《きも》っ玉の小さいやつだ。

「係長。ちいと呉原まで足を運ぼう思うんですが、ええですか」

なにかきな臭いものを感じたのだろう。飯島は見る間に顔色を変え、唾《つば》を呑《の》み込んだ。

「なんぞ、あったんか」

内緒話でもするように、大上は声を潜めた。

「わしが飼《こ》うとる情報提供者から、タレこみがありましてのう。五十子んとこがシャブいろうとるんは、係長も知っとられるでしょ」

呉原最大の組織の名前に、目をしばたいて飯島が反応する。

「五十子が、なんぞしよったんか」

大上は飯島の耳元に口を寄せた。

「今度、五十子が広島で大きな取引をするらしいんですわ」

嘘だった。

今月は薬物取締月間だ。点数はいつもの倍になる。自分の手柄になる情報に、飯島が耳を傾けないはずがない。

案の定、飯島は目の色を変えた。声が上擦っている。

「そ、そりゃァ、確かなんか」

大上は大きく肯《うなず》いた。

「情報提供者が言うにゃァ、売値で二億になるいう話です」

「二……」

飯島はあんぐりと口を開けた。

大上はわざと関心がない風を装い、小指で耳の穴をほじった。

「仕入れたネタがガセじゃった、いうんはようある話です。じゃが、今回のタレこみはエス本人にとっては命懸けじゃァ。なにしろ額が額ですけえ、チンコロしたんが自分じゃとばれたら最後、消されるんは間違いない」

飯島が机に目を落とし、独り言のようにつぶやく。

「そりゃァ、そうじゃろうの……」

顔を上げて大上に視線を向け、先を促した。

「本人が言うにゃァ、自分が知っとることはここまでじゃ、詳しい話は連れから聞いてくれ、とこうです。その連れいうんが、呉原におるんですわ」

「それで、呉原か」

納得したように、飯島が肯く。

大上は耳をほじるのをやめて、飯島にぐいと顔を近づけた。

「情報提供者の顔を晒《さら》すわけにゃいけんですけ、わしひとりで行動します。今回タレこんだ本人は、呉原のやつに繋《つな》ぐだきゃァ繋ぐけえ、あとはそっちでやってくれ、と。まあ、探ってみる価値はある――」

大上は口角を上げた。

「そう思いましてのう」

すべてが嘘なのだから、探るも探らないもない。署に来る道すがら、適当に考えたでっち上げだ。

だが、飯島に欠片《かけら》も疑う様子はなかった。点数のことしか頭にないのだ。ギラついた目とは裏腹に、声は冷静を装っている。

「ほうか、まあ、こんながひとりでやりたい、ちゅうんじゃったら、仕方ないのう」

飯島はいつも、安全圏から出ない。ヘタを打っても、誰かのせいにできる立ち位置だけは、確保しておく。それが飯島のやり方だ。

百も承知だった。飯島の性根を利用して、自分が自由に動けるようにする。それが大上のやり方だ。

「それで、ですね」

大上は本題を切り出した。

「わしもはじめて会う人間ですけ、用心するに越したこたァない。拳銃《けんじゅう》を持って行こう思うんですが、ええですね」

飯島が眉間《みけん》に皺《しわ》を寄せた。

本来、通常勤務の刑事は拳銃を携帯しない。常に装備しているのは、交番や派出所勤務といった、制服警官だけだ。

二課の刑事が銃を所持するのは、暴力団抗争時か、被疑者の捕縛に出向くとき、もしくは暴力団事務所の家宅捜索時くらいだ。拳銃は保管庫に預けてあった。

呉原には、五十子会が本拠を構えている。飯島に伝えたシャブの話は嘘っぱちだが、どこで五十子の外道《げどう》どもとぶつかるかわからない。以前、的に掛けられた身としては、銃を所持していくに越したことはない。

眉間の皺は、無鉄砲な大上に単独で拳銃を所持させることへの危惧《きぐ》の表れだろう。だが、飯島は目の前にぶら下がったにんじんを、みすみす見逃すタマではない。しばし思案する振りをしていたが、ひと息吐いて肯いた。

「ええじゃろ。わしから課長に言うて、副署長に連絡入れてもろうちゃる」

北署の拳銃保管管理官は副署長だった。

大上はにやりと笑うと、軽く頭を下げて部屋を出た。

北署の拳銃保管庫は、地下一階にある。

保管庫に入室すると、北署の制服警官が列をなしていた。交番勤務の連中だ。

自分の番が来ると大上は、背広の内ポケットから附票を取り出し、係官に差し出した。

立ち会っていた副署長は目の端で大上を見たが、何も言わなかった。話が通っているのだろう。係官は附票を受け取り、受領印を押した。引き換えに、自分の銃を渡される。38口径のニューナンブだ。

大上は背広を脱ぐと、ホルダーを装着し、受領簿に押印した。

係官から弾《たま》を受け取り、拳銃に装塡《そうてん》する。

受領簿にもう一度、押印して、大上は背広を着こんだ。背広の上から拳銃を確かめる。

いつものように、興奮と恐怖が、同時に押し寄せてくる。鼻から息を大きく吸い込み、口からゆっくり吐き出す。

腹式呼吸を終えると、大上は足早に保管庫をあとにした。

呉《くれ》線に乗り、呉原で降りた大上は、額に手を翳《かざ》した。

真上から真夏の陽が照りつける。ただでさえきつい陽差しが、寝不足の目には応《こた》える。

駅前の通りは、昼時だというのに人がまばらだった。陽差しが路面に反射して、さらに目を突き刺してくる。

呉原は、昼と夜の顔が違う。

昼は、海に喩《たと》えるなら凪《なぎ》のような街だが、夜は、ネオンの灯《あか》りが月光を反射するさざ波のように点《とも》り、にぎやかになる。

人は酒を飲み、くだを巻き、笑い、泣きながら、抱いて抱かれる。華やかで、猥雑《わいざつ》で、生き生きとする夜の呉原が、大上は気に入っていた。

大上が呉原への移動に車を使わなかったのは、一之瀬守孝と呑むことになると思っていたからだ。

一之瀬と会うのは一年ぶりだった。

知り合ったのは、いまからおよそ十三年前になる。

当時、一之瀬は尾谷組の準構成員で部屋住みの身だった。

組長の尾谷憲次《けんじ》に用があり事務所に顔を出したとき、高校生くらいの青年がお茶を運んできた。坊主頭に白の開襟シャツ、黒ズボンという姿は、それだけ見れば年相応に思えたが、目は明らかに学生とは違っていた。

少しは名が知られているマル暴の刑事を、臆《おく》することなく見据え、怯《ひる》む気配はない。

ここまでは、これから探りを入れようとしている沖と似ている。だが、言葉遣い、物腰はまったく異なっていた。

一之瀬は物腰も柔らかく、言葉遣いも丁寧だった。飼い主の身を守るためなら、羆《ひぐま》にも立ち向かっていく犬だ。勇猛さを内に秘めてはいるが、誰彼かまわず吠《ほ》え掛かったりはしない。同じ猛犬でも沖は、躾《しつけ》がなされていない野犬だ。羆であろうと狼であろうと、前を塞《ふさ》ぐものには容赦なく牙《きば》を剥《む》く。

一之瀬が尾谷の門を叩《たた》いたのは、中学を卒業してすぐだったと聞いている。父親の良治《よしはる》は漁協の組合長で、ヤクザ相手に一歩も引かない根性の据わった男だった。

良治は、一之瀬が八歳のとき、漁港の利権に首を突っ込んできた五十子と揉《も》めた。それから間をおかず、足を滑らせて海に落ち溺《でき》死《し》している。

真夜中に船を出していることや、遺体に争った形跡があったことから、警察は事件性を疑った。五十子会の仕業と警察も睨《にら》んでいたが、目撃者も証拠も見つからなかった。結局、容疑者にはたどり着けず、事件はお宮入りになっている。

それから五年後、心労がたたったのか、母親が病死した。守孝が十三歳の頃だ。

誰もが、自分が生きることで精一杯だ。それは一之瀬の身内も同じで、近縁、遠縁に限らず親戚《しんせき》は、なにかしら理由をつけて一之瀬の引き取りを拒んだ。

行き場所がなく、天涯孤独の身となった一之瀬の面倒をみたのは、尾谷だった。

尾谷は良治の古くからの友人で、一之瀬のことは、幼いころから知っていた。

中学生の一之瀬を、尾谷は家に住まわせた。

尾谷には毛頭、一之瀬を極道にするつもりはなかった。お天道様の下にも出られず、道の真ん中も歩けない極道は、所詮《しょせん》、世間の爪弾《つまはじ》きだ。一天地六《いってんちろく》の賽《さい》の目稼業——切った張ったの渡世の厳しさは、尾谷が身をもって知っている。

友人の息子を、明日をも知れぬ修羅《しゅら》の道に引き込むことは、到底できない。

そう考えていた尾谷は、守孝を堅気《かたぎ》として育てるつもりだった。大学まで行かせ、将来はサラリーマンにでもする気だったらしい。

だが、一之瀬は渡世の道を選んだ。

尾谷は、真っ向から反対した。

「極道は下の下じゃ。堅気じゃやっていけん、はみ出し者が入る世界じゃ。そがあな道に、お前を進ませるわけにゃァいけん」

それを聞いた一之瀬は、尾谷にきっぱりと言い返した。

「組に入れてくれんのじゃったら、わしは五十子を殺して、自殺します」

——出まかせではない。こいつは本当に五十子を的にかける。

一之瀬の目を見てそう感じた尾谷は、熟慮の末に、渡世入りを許可した。

のちに尾谷はそのときのことを、酒を飲みながらぽつりと語った。

「ほかのやつならどやしつけてやるんじゃが、守孝じゃろ、そりゃァ可愛いけんのう。死なせるわけにはいかんかった」

尾谷には子供がいない。我が子同然の一之瀬を、いま死なせるわけにはいかないと考えたのは当然だろう。

どうせ人間、一度は死ぬ。早いか遅いかの違いだけだ。ならば少しでも、遅いほうがいいに決まっている。

尾谷の心境は手に取るようにわかった。

過去の記憶をたどっていると、目の前を車が通り過ぎた。フロントガラスに反射した陽差しが、大上の目を突く。

シャツの胸ポケットに入れていたサングラスをかける。駅から歩き出した。

向かった先は、沖の実家だった。

呉原東署の後輩、多賀から聞いた住所を、ぶらぶらと歩いて探す。

探し当てたのは、駅を出てから一時間ほど経ったころだった。

沖の実家は、扇山の麓《ふもと》にあった。後ろはすぐ山という場所に、長屋が立ち並んでいる。隣と壁一枚で隔てられているだけの、ハーモニカ長屋だ。その一角の部屋が、探していた住所だった。

サングラスを外し、古びた引き戸の前に立つ。

玄関の横の柱に、墨で直接、「沖」と書いてある。字は長年の風雨にさらされて、ようやく読み取れるまでに色褪せていた。

軒の下に、蜘蛛《くも》の巣が張っていた。

大上は引き戸を叩いた。

「すんません。沖さんの家はこちらでよかったでしょうかのぅ」

反応はない。

もう一度、叩く。

「誰ぞ、おってんないですか」

なかから人が出てくる気配はなかった。

さらに引き戸を叩こうとしたとき、二軒先の長屋から、住人と思《おぼ》しき女性が出てきた。長めのスカートに割烹着《かっぽうぎ》、サンダルをつっかけている。年のころは四十といったところか。蔓《つる》で編んだ買い物籠《かご》をぶら下げている。

大上は素早く女性に近づくと、声をかけた。

「すんません。ちぃと尋ねたいことがあるんですがのぅ」

強面《こわもて》の胡散臭《うさんくさ》い男から呼び止められ、女性は警戒するように大上を見た。

「なんね。うち、いま忙しいんじゃが」

大上は努めて柔和な表情を作った。

「そこの、沖さん」

大上は沖の家を振り返った。

「いま、留守ですかいのう」

女性は沖の家を見やり、さらに大上を、胡散臭そうに見た。

「あんた、誰ね」

大上は適当に話を作った。

「わしゃあ、幸江の遠い親戚のもんですがの。ここ数年連絡もないけえ、心配しとったんじゃが、たまたま近くまで来たもんじゃけん、立ち寄ってみたんですよ」

大上の言葉を素直に信じたわけではあるまいが、女性の顔から多少、警戒の色が薄れた。

女性は、田中文子《たなかふみこ》と名乗った。

ここに住んで長いという。沖の家族のことはよく知っていた。

「ほんま、幸江さん、よう堪《こら》えとったよ。まあ、こんがあなとこに住んどる者は似たり寄ったりじゃけど、勝三は……いや勝三さんは、ちいと次元が違《ちご》うとってじゃけん。知っとられるんじゃろ、勝三さんのことは」

大上はわざと口を窄《すぼ》め、軽く肯いた。

「極道者じゃけ、手加減いうもんを知らんのよ。ほんまに、幸江さんや虎ちゃんを殺してしまうんじゃないか思うて、こっちもびくびくしとったわ」

ちょうど主婦が買い物に出る時間なのか、文子と話していると、長屋から同じような恰好《かっこう》をした女が、数人出てきた。

女たちは文子と話す大上の姿に、遠くからでもそれとわかる、胡乱《うろん》な者を見るような顔をした。

文子は表に出てきた三人に、手招きをした。

「あんたら、ちいと、こっちに来《き》んさい。こん人、幸江さんの身内なんじゃって」

お世辞にも住み心地がいいとはいえない場所を訪れる人間は、そういないのだろう。ふいに現れた訪問者にみな関心があるらしく、おずおずと、大上のもとへやってきた。

文子はそばへ来た三人を、順に見やった。

「こん人たちも、ここに住んで長いけえ、幸江さんたちのことはよう知っとる」

大上は顎《あご》を引き、軽く頭を下げた。

「幸江の身内です。しばらく連絡とってないけえ、ちいと様子を見にきたんですが、幸江たち、元気にしとりますか」

なにも知らない風を装い訊《たず》ねる。

四人は互いに顔を見合わせた。言おうか言うまいか迷っているようだ。

しばし口を噤《つぐ》んでいたが、一番年嵩《としかさ》と思われる女が重い口を開いた。

「実は幸江ちゃんの旦那《だんな》さんじゃが、姿が見えんようになってのう」

「勝三さんが、ですか。それはいつから」

少し大袈裟《おおげさ》に、驚いて見せる。

前歯に金歯を入れている女が、首を傾げながらつぶやいた。

「もう七、八年になるかねえ」

隣の文子が、記憶をたどるように空を見上げる。

「ほうよねえ……うちの下の子が小学校に上がった頃じゃったけえ、そんくらいなるかねえ」

年嵩の女が、間違いない、という態で、何度も肯く。

「しばらく見かけんと思うたら、それっきりじゃったけェねえ」

女たちの記憶は正しい。大上の調べでは、勝三が失踪《しっそう》したのはいまから七年前だ。

大上は眉間にわざと皺を寄せ、親戚の振りを続けて訊ねた。

「勝三さんは、なんでまた、おられんようになったんですか」

端っこにいた小柄な女が、ぼそりと言った。

「刑務所にでも入っとるんよ」

金歯が小柄な女の肩を叩き、窘《たしな》めるように言った。

「またあんたは、そがあなこと。このあいだも直子《なおこ》ちゃんと健二《けんじ》さんができとる言うて、大騒ぎになったじゃろうがね。ふたりとも浮気なんぞ、しとらんかったのに、あんたの軽口のせいで、離婚寸前までいったんよ」

心外だ、と言わんばかりに小柄な女が反論する。

「あれはそう思われても仕方がなかったじゃないね。ふたりだけで小屋に入っていくとこ見たんじゃけ、誰だってそう思うわ」

年嵩は金歯の側についた。

「ほうじゃったとしても、うちじゃったらよう口にせんわ」

「よう言うわ。あんた前に――」

小柄な女が唾を飛ばす。

あの――と、喧嘩《けんか》がはじまる前に大上は話を本題に戻した。

「ほいで、話の続きですが」

ひとり冷静だった文子が、大上の言葉を引き取る。

「勝三さんが刑務所に入ったんなら、うちらも気づくと思うわ。前んときはそうじゃった」

三人は文子を見た。

金歯が首を縦に振る。

「ほうよ。勝三さんが前に刑務所に入ったときは、差し入れじゃなんじゃと、よう支度しよったけえね。なにしとるん、いうて聞いたら、実は……いうて幸江さん、ほんまのこと言うとりんさったっけ」

　素知らぬ顔で訊ねる。

「刑務所いうて、なにしよったんですか」

　女たちがまた、口を噤む。年嵩はひとつ息を吐き、大上を見詰めた。

「あんた、五十子会いうの、知っとる？　勝三さん、そこの組員じゃったんよ」

　思わず失笑が漏れそうになる。知っているもなにも、五十子は大上が的に掛けている、最大の敵だ。

　年嵩が言葉を続ける。

「詳しいことは知らんけど、ほかの組員と喧嘩したか、薬で捕まったか、そんなとこじゃと思う。とにかく、ろくな男じゃないわ」

　ろくな男――年嵩はそこで語気を強めた。

　金歯が、誰にともなく言う。

「もしかしたら、組で揉めて、呉原におられんようになったんじゃないんかねえ」

　所払い、あるいは破門になったということか。それだったら自分のところに情報が流れてきているはずだ。だが、五十子会からそういう回状が出た、という話は聞いていない。なんらかの事情で、組内で消された可能性はあるが、通常の組関係の処分ではない、と大上は睨んでいた。

勝三の所在については、失踪当時から毛の先ほどの手掛かりもない。もし組関係者に消されたとすれば、エスの周辺からそれを匂わせるような情報が入ってきてもおかしくない。合点がいかないのはそこだった。

文子が同意を求めるように、女たちを見やった。

「うちらが一番不思議に思うたんは、勝三さんがおらんようになってから、幸江さんが、人が変わったようになったことよね」

「人が変わった？」

大上は眉根を寄せた。

文子が肯く。

「なんか、暗い、いうか。それまでは、あがあな亭主がおっても、うちらには明るう接しとったんよ。じゃけど、勝三さんが姿を消してから、目に見えてふさぎ込んどって……」

金歯が文子を見る。

「ほうじゃね。あの頃から、幸江さん変わったねえ」

小柄な女が、口を尖《とが》らせ怒ったように言う。

「うちじゃったら、銭ばァせびりにくるろくでなしが、おらんようになったんじゃけえ、手ェ叩いて喜ぶんじゃがねえ。あんたらだってそうじゃろう？」

女の問いに、三人は答えなかった。やっぱりあんたはひと言多い、とでもいうように、小柄な女を睨みつける。

小柄な女は鈍感なのだろう。三人の視線に気づかない様子で話し続ける。

「お母さんがそうじゃけ、順子ちゃんも、あんまり口きかんようになった。元気になったんは、虎ちゃんだけじゃ」

順子は虎彦の妹、虎ちゃんは、虎彦のことだ。頭のどこかでアンテナが反応する。

大上は話を合わせ、懐かしそうに言った。

「順子と虎彦には、ふたりが小さい頃にしか会うとりません。大きゅうなったでしょうね」

金歯が一転、快活な声で言う。

「ほうよね。特に虎ちゃんは、勝三さんがおらんようになってから、いっぺんに大人びたけえ。まだ中学生じゃったが、もう一端《いっぱし》の男いう雰囲気が出とったわ。まあ、親父さんがおらんけん、自分がしっかりせにゃァいけん、思うたんじゃろうね」

大上はこめかみに手を当てた。アンテナがびりびり反応する。

勝三の失踪に関して、幸江、順子、虎彦は、なんらかの秘密を共有している。根拠はない。刑事の勘だ。

母親と妹はふさぎ込み、虎彦は元気になり大人に変貌《へんぼう》した――大上は頭のメモに、この事実を太字で書き留めた。

「ところで」

そろそろ潮時だ。大上は長屋を訪れた真の目的を果たすべく訊ねた。

「幸江、留守みたいですが、何時ごろ戻りますかのう」

勝三の失踪と、虎彦に関する話を、幸江から直接聞こうと思っていた。訪ねた理由はなんとでもなる。刑事の身分を明かさずとも、話を訊き出す自信はあった。

文子が申し訳なさそうな顔で、大上を見た。

「それが……幸江さんたち、引っ越したんよ」

意外な答えに、大上は戸惑った。

「ほんまですか。なんも連絡がないけ、ちいとも知らんかった」

住民票の移動はなされていない。最近、引っ越したか。それとも単に、住民票の移動が面倒だったのか。あるいは、住所を他人に知られたくない事情があるのか。

「ほいで、いまはどこにおってですか。いつ頃、引っ越したんですか」

矢継ぎ早に訊ねる。

文子が答える。

「引っ越したんは、つい最近よね。新開地《しんかいち》のほうに虎ちゃんが家を建てたとかで、そっちに移られたんよ」

家を一軒建てるには、まとまった金が必要だ。二十歳そこその若者が、簡単にできることではない。

大上はカマをかけた。

「ほう。いうても、虎彦はまだ若いでしょ。ずいぶん稼ぎがええんですね。いったい、なんの仕事をしとってですか」

四人は示し合わせたように、大上から目を逸らした。

詰め寄る。

「どなたか、知らんですか」

三人を話に誘った責任を取るかのように、文子が小声で答えた。

「詳しゅうことは知らんけど、まあ、カエルの子はカエルいうことじゃろ」

ヤクザか、少なくとも堅気ではない、ということは知っているらしい。

虎彦の家族がいないとわかれば、もうここに用はない。

大上は幸江のために持ってきた手土産の菓子を四人に渡して、長屋を後にした。

長屋をあとにした大上は、腕時計を見た。

午後三時。一之瀬のもとを訪ね、流れで繁華街へ繰り出すには、まだ陽が高い。

小腹が空《す》いていることもあり、大上は「コスモス」へ向かった。駅前のアーケード街を抜けたところにある喫茶店だ。コスモスの、ケチャップたっぷりのナポリタンは絶品で、呉原に来ると大上はたいてい、立ち寄っていた。

来た道を、再び一時間かけて戻る。行きだけならまだしも、往復二時間ともなると思っていた以上にきつく、コスモスに着いたときは足の筋肉が張っていた。

木製のドアを開ける。

カウベルの音が響く。

マスターが、カウンターからこちらを見た。歳は大上よりかなり上だが、まったくといっていいほど老いを感じさせない。むしろ、歳を重ねた貫禄《かんろく》がある。

マスターは何も言わず、手元のミルに視線を戻した。豆を挽《ひ》き続ける。

店は狭く、カウンターと四人掛けのテーブルがふたつあるだけだ。ひとりで回せるのは、この大きさが限度だろう。

一番奥のテーブル席に着き、ナポリタンを頼んだ。

マスターは無言で肯くと、コーヒーを落としていたドリップポットをカウンターに置いて、厨房《ちゅうぼう》へ入っていった。

いつもサングラスを掛け、シャツの胸元を大きく開けたヤクザまがいの客を、覚えていないはずはない。が、マスターはどの客に対しても、馴《な》れ馴《な》れしい態度をとらなかった。そこも大上は気に入っていた。

ナポリタンを食べ、新聞を読みながら食後のコーヒーをゆっくり味わう。

精算を済ませ、大上は店を出た。

まもなく五時。ちょうどいい頃合いだ。

大上は大通りへ出ると、タクシーを拾った。

尾谷組の事務所は、呉原港を見渡せる高台にある。疲れた足で長い坂を上るのは、学生時代に打ち込んだ柔道部の練習を思い出させる。乱取りのあと、うさぎ跳びをするようなものだ。これ以上、汗だくになるのは御免だった。

住宅地の一角でタクシーを降りた大上は、目の前にある格子戸の前に立った。重厚な門柱に取り付けられたインターホンを鳴らす。敷地のなかにある庭木の陰に隠れた監視カメラを見て、サングラスを外した。

すぐさまインターホンから、若い男の声が聞こえた。

「すぐ、お迎えに上がります」

詰めの若衆が引き戸を開け、大仰に腰を折る。先導されるかたちで、大上は敷地の先にある平屋の事務所に向かった。奥の日本家屋は住居になっている。

大上がなかへ入ると、当番の若い衆が一斉に頭を下げた。

土間から板の間へ上がり、応接セットのソファに腰を下ろす。

上着の胸ポケットからショートピースを取り出すと、パンチパーマの組員がすかさずライターで火をつけた。

ここを訪れるのは、半年ぶりだった。パンチパーマの顔を見るのははじめてだ。ニキビの痕《あと》が残っている。まだ若い。

大上は煙草を吹かしながら、パンチパーマに訊ねた。

「新米か」

「へい。道下《みちした》、いいます。まだ見習いですが、よろしゅうお願いします」

大上の話は聞いているらしい。道下は緊張した面持ちで頭を下げた。

「どうじゃ、景気は」

道下は首を傾げ、どう言おうか迷った挙句、当たり障りのない返事をした。

「はあ、まあまあです」

鼻から息を抜き、わざと失笑を漏らす。ソファの背にもたれ、大きく煙を吐き出した。

「守孝の躾も、なっとらんのう。極道はのう、馬鹿じゃァなれず、利口でなれず、中途半端じゃなおなれず、言うじゃろうが。中途半端が一番いけん。もちいと、気の利いたこと言わんかい」

冗談を真面目に受け取ったらしく、道下は勢いよく頭を下げた。

「すんません！」

事務所のドアが開いて、一之瀬が入ってきた。ピンストライプのシャツのボタンを、大きく外している。奥にある住居でくつろいでいたところを、組員から連絡を受けて駆けつけたのだろう。

一之瀬は大上の向かいのソファに座ると、笑顔のなかに困惑の色を見せながら言った。

「ガミさん。来るんじゃったら、なんで教えてくれんかったんですか。若い者を駅まで迎えに行かせたのに」

大上は一之瀬を手で制した。

「ちいと野暮用があってのう。ついでに寄っただけじゃ。お前がおらなんだら、赤石通りで一杯引っかけて帰るつもりじゃった」

嘘だった。

沖の実家を訪ねたのは野暮用ではないし、一之瀬がいなかったら、一之瀬の右腕ともいえる舎弟、天木《あまぎ》幸男《ゆきお》に、沖のことを訊ねるつもりだった。

一之瀬はにやりと笑った。

「長い付き合いのわしに、嘘は通用せんですよ。ガミさんに、ついで、はありゃせんでしょう。どこに行くにも、ここに――」

言いながら自分の腹を指さす。

「一物、二物、持っとる」

大上は口角を上げながら、煙草の灰を陶器の灰皿へ落とした。

一之瀬は昔から頭が切れたが、歳を重ねるごとに冴《さ》えてくる。もともとの性根もあるのだろうが、実質、尾谷組を仕切っているという責任感が、一之瀬をひとまわり大きくしたのだろう。

尾谷組の組長、尾谷憲次は、三年前から鳥取刑務所に服役している。

いまから四年前に、米子《よなご》に暖簾《のれん》を掲げる横田《よこた》組の組長、横田敦《あつし》が殺害された。発端は、同じ米子に根を張る明石《あかし》組系列、梅原《うめはら》組組長殺害事件だった。犯人は横田組の幹部で、明石組はすぐに報復に動いたが、結成した暗殺部隊のなかに、尾谷組を破門になっていた山内卓也《やまうちたくや》がいた。

横田組組長殺害事件の実行犯として逮捕された山内は、警察の誘導尋問に引っかかり、尾谷憲次の名前を口にした。

殺人教唆《きょうさ》の容疑で警察に身柄を拘束された尾谷は冤罪《えんざい》を主張したが、一審で出た実刑八年の判決は、最高裁でも覆らなかった。

組長不在の組を束ねることになったのが、若頭《わかがしら》の一之瀬だった。

尾谷組は呉原に暖簾を掲げる老舗《しにせ》の博徒《ばくと》だ。組員は五十人そこそこと大きくはないが、いざとなったらすぐさま命取《タマト》りに行ける、性根の据わった極道が、ざっと数えても半分はいた。

ヤクザ社会では、組のために命を張れる極道は十丁分の拳銃に匹敵するともいわれている。

尾谷組は、正面切って争えば、県下最大の暴力団・綿船組と互角に戦える戦闘力を備えていた。広島極道が一目置くのも当然だ。

若い衆が、茶とおしぼりを運んでくる。煙草を灰皿でもみ消し、茶を啜《すす》りながら一之瀬を上目遣いに見た。

「ところで、備前《びぜん》は元気でやっとるんな」

「はい」

一之瀬が答える。

「お蔭《かげ》さんで、毎日、忙しゅうしとります」

備前芳樹《よしき》は、一之瀬の二歳上の中堅幹部だ。尾谷の盃《さかずき》を貰《もら》ったのは一之瀬が十六のときで、備前は二十歳前後だったと記憶している。渡世の飯は一之瀬のほうが長い。極道の世界では、年齢よりも、飯の数のほうが重視される。歳は下でも、渡世上は一之瀬が先輩にあたる。

一之瀬が若頭に登用されたのはいまから二年前だ。

十年前、前の若頭、賽本《さいもと》が五十子会に殺され、長らく空席だった若頭の地位に、尾谷は一之瀬を抜擢《ばってき》した。自分が収監中だったことに加え、五十子会傘下の加古村《かこむら》組が、尾谷のシマを荒らしにかかったためだ。いずれ組を継がせたいとの思いがあったのは間違いないが、いまの状況で組をまとめ切れるのは一之瀬だけだ――そう考えたのだろう。それは衆目の一致するところだった。

一之瀬が煙草を取り出し、口に咥《くわ》えた。傍らに控える若い者がすかさず火をつける。煙草を燻《くゆ》らしながら、一之瀬が思い出したように言った。

「そう言やァ、こないだ親父に面会にいったら、ガミさんの話になりましてのう」

ほう、と大上は顎を突き出した。

「御大、わしのこと、なんぞ言うとったか」

一之瀬はさも可笑《おか》しそうに笑った。

「ガミさんが若い時分のやんちゃ話を聞かされました」

大上は苦笑した。

「どうせ、悪口じゃろうが」

一之瀬が首を横に振る。

「いや。褒めとりましたよ、親父《おや》っさん」

尾谷から褒められるようなことをした覚えはない。訝《いぶか》りながら大上は訊ねた。

「なんじゃ言うて」

一之瀬が目を細める。茶化すように言った。

「ガミさん。若いころ、綿船の事務所にひとりで乗り込んだことがあるでしょ」

心当たりがあった。たしか高校三年のときだ。同級生が綿船組のチンピラからカツアゲされて、銭をせびられ続けたことがあった。その同級生とはさほど親しくなかったが、泣きつかれて談判に行った。

乗り込んでいった綿船組の事務所に、たまたま尾谷憲次が居合わせた。

自分の口上を思い出すと、顔から火が出る。若気の至り、というやつだ。

「あんたら、任侠道《にんきょうどう》に生きとるんじゃないの。堅気をいじめるんは任侠じゃないじゃろ。いますぐ、やめさせちゃってくれんですか」

その場にいた綿船組の組長、綿船幸助《こうすけ》は、突然やってきた大上を物珍し気に見ていたが、側にいた組員は黙っていなかった。

「なんじゃ、われ！　ここをどこじゃ思うとるんなら！」

青二才の高校生に怒鳴りこまれては面子《メンツ》が丸潰《まるつぶ》れとばかりに、大上の襟首を摑《つか》み、事務所の奥へ引きずり込もうとした。そのときに助け舟を出したのが尾谷だった。

尾谷はいきり立つ若い衆を、まあまあ、と宥《なだ》めると豪快に笑った。

「そりゃァ、坊主の言うとおりじゃ。綿船さん。ここはひとつ、わしの顔に免じて、この生徒さんをこのまま帰してやってくれんかのう」

綿船は鷹揚《おうよう》に肯くと、羽織の袖《そで》に腕を入れ、若い衆を睨みつけた。

「堅気に迷惑かけるな、いうて、いつも言うとるじゃろうが」

低く抑えた声が、怒気を強調していた。

若い衆が大上から手を離し、頭を下げる。

綿船は尾谷に視線を移し、歯を見せて言った。

「尾谷さん。みっともないとこ、見せてしもうて——すまんかったのう。あとは、うちのほうでケジメをつけるけえ」

大上は乱れたシャツの襟を正すと、綿船と尾谷に礼と詫《わ》びを言った。

「ありがとうございます。生意気いうて、すいませんでした」

尾谷は大上を見ながら、好々爺《こうこうや》のような笑みを浮かべた。

「生徒さん。もうなんも心配いらんけ、帰りいや」

大上は頭を下げ、踵《きびす》を返すと二手に分かれた組員のあいだを通り、事務所を出た。

いまとなれば、自分でもよく無傷で帰れたと思う。

あとで、同級生をカツアゲしていたチンピラは破門になったと聞いた。

大上は束の間の回想を振り払うかのように、勢いよく茶を呑み干した。

「そう言やァ、そがあなこともあったのう」

一之瀬が喉《のど》の奥で、くくっと笑った。

「親父っさん、あがあな無鉄砲、警察官にしとくんはもったいない。極道ならもちいと、花が咲いたんじゃないかのう、いうて言うてました」

堪《こら》え切れず、といった態で、一之瀬が声をあげて笑う。

大上もつられて笑った。

「馬鹿《わや》、言うなや。わしが極道じゃったら、いまごろ生きとらんわい」

哄笑《こうしょう》が弾ける。

笑いが収まると、一之瀬は真顔になった。

「ほいで、ガミさんがわしを訪ねてきたほんまの理由はなんですか。備前の話や昔話が聞きとうて来たわけじゃないでしょう」

大上は二本目の煙草を口に咥えると、一之瀬の前に身を乗り出した。

八　章

　真紀の部屋を出た沖は、「佐子《さご》」へ向かった。

　歩いて二十分ほどのところにある、ホルモン専門の店だ。名物はホルモンの天ぷらで、ぶつ切りにした臓物がそのまま揚がって出てくる。席にはあらかじめ小型のまな板と出刃包丁が用意されていて、客はそれで切って食べる。ナイフとフォークのような上品な食べ方ではない。が、臭みひとつないホルモンは、極上ステーキにも劣らない美味《うま》さだった。

　佐子は、大通りから奥に入った裏路地にある。用がない者は通らない道だ。

　道の両側には、空家になったアパートや、古い住居、小さな店が連なっている。周辺でも佐子はとりわけ古い店で、平屋の建物はあちこちが傷んでいた。屋根や表の壁など、至る所をトタンで補修している。一見バラックのようで、戦前から続く店といわれても、違和感がないほどだ。

　佐子を教えてくれたのは真紀だった。人目につかず飲める、美味い店はないかと訊《たず》ねたところ、ここを紹介してくれた。店主のおばちゃんの孫と、同級生なのだという。

「一見《いちげん》さんはお断りの店なんよ。ふらっと入ってくる客もおらんし、おったとしてもおばちゃんが追い返すけ、安心して飲めるよ」

同衾《どうきん》する沖の胸に頬を乗せながら、真紀は店の名の由来を教えてくれた。

佐子という名前は、店で使っている出刃包丁を作っている刃物店から取られたものだという。

「佐子刃物製作所いうて、広島では有名なんよ」

地元では、刃物は佐子、といわれるほど切れ味がいいことで知られているという。

「それほどの品なら、値段もええんじゃろうのう」

真紀は枕元の煙草に手を伸ばし、一本抜いた。火をつけた煙草をひと口ふかし、沖の口に咥《くわ》えさせる。

「おばちゃんは、ただ、言うとった」

「ただ？」

真紀は意味ありげな目で、沖を見下ろした。

「なんか知らんけど、弱みでも握っとるんじゃない。裏の世界とも、いろいろあるみたいじゃけ」

「ケツ持ちがおる、いうことか」

ふふっと、真紀が笑った。沖の胸を撫《な》でる。

「あんたと同じで、ヤクザが大嫌いな人じゃけ、組の者は出入り禁止よね」

ほう——と、声に出してつぶやき、煙草の灰を傍らの灰皿に落とす。

「じゃったら、なんで——」

真紀が被《かぶ》せるように答える。

「おばちゃんの旦那《だんな》さんがヤクザで、結構ええ顔じゃったらしいんよ。じゃけ、ここいらのヤクザ者は遠慮して、店にはちょっかい出さんのじゃと」

肉親に極道がいて、ヤクザのことが大嫌いになる——自分と同じだ。

「ほうか。気が合いそうじゃの」

真紀は沖の生い立ちを知らない。付き合ったどの女にも、話したことはなかった。沖の心の内を知らず、真紀は快活な声で笑った。

「ほうよね！　虎ちゃんとじゃったら絶対、気が合う、思うわ」

裏路地に入り、奥へ進む。店の近くまで来ると、ホルモンが焼ける、甘く香ばしい匂いが漂ってきた。

店に冷房はない。入り口の引き戸は開けっ放しになっている。

この時間、瀬戸《せと》の夕凪《ゆうなぎ》で風が止まっている。首筋を伝う汗でシャツの襟が濡《ぬ》れていた。

かなりのボリュームでテレビをつけているのだろう。市民球場で行われているカープの試合の実況中継が、ここまで聞こえてくる。

褌《ふんどし》を煮染めたような暖簾《のれん》をくぐり店に入ると、ひとつしかない長テーブルに男が三人いた。

男たちが沖に気づく。丸いビニール椅子から勢いよく立ち上がった。

「ご苦労さんです!」

三人は唱和するように声を揃えて、頭を下げた。全員、呉寅会のメンバーだ。

沖たちのほかには、狭いカウンターにカップルが一組いるだけだった。沖も知っている建設会社の社長と、愛人のホステスだ。

ふらりとやってくる客はいない。店のおばちゃんも、手伝いに来ている身内も、客に必要以上に関わらないし、余計なことは詮索《せんさく》しない主義だった。

それも気に入って、真紀にこの店を教えてもらってから、沖はここを呉寅会の溜《た》まり場にしていた。

テーブルの一番奥に座る。いつもの席だ。

店の入り口にある冷蔵庫から、元木《もとき》昭二《しょうじ》が缶ビールを取り出した。

「おばちゃん、一本もらうで!」

店の女主人は、見ようによってはおばあちゃんと呼ばれてもおかしくない歳だ。店に来る客がおばちゃんと呼ぶのは、昔からの慣れと親しみゆえだろう。

「お前もいるか？」

昭二は隣に座る、弟の昭三《しょうぞう》に訊ねた。ふたりは双子の兄弟で、沖の二年後輩に当たる。長男の昭一《しょういち》は、三年前に喧嘩《けんか》で死んでいた。呉原爆走連合という暴走族の頭を張っていたが、ヤクザと揉《も》め、めった刺しになった遺体が山中で発見されたのだ。以来、沖と同じく、ヤクザを目の敵にしている。

双子だから当然だが、ふたりは顔も体格もそっくりだ。長い付き合いの沖も、外見だけだと、いまだに見分けがつかない。昭三に比べ、若干、昭二の声は低く、声で判別していた。

双子の趣味は喧嘩とウエートトレーニングで、暇さえあれば腕立て伏せや腹筋運動をやっている。昭二はダンベルを、昭三は砂を詰めた革袋のヌンチャクを常に持ち歩き、平時は手首を鍛えている。いざというときは、武器《どうぐ》に使った。

昭三は自分の缶ビールを軽く振ると、首を横に振った。

「わしはええけ、先輩に」

昭三はテーブルの向かいに目をやった。

林達也《はやしたつや》が眉間《みけん》に皺《しわ》を寄せ、目を細めた。が、双眸《そうぼう》に剣呑《けんのん》さはない。童顔を隠し、後輩の前で威厳を保つときの癖だ。

「一本くれや」

ドスを利かせたつもりの声は、いつものように甲高く裏返っていた。

昭二は冷蔵庫から缶ビールを取り出し、林に手渡した。

林は、沖が少年院で知り合った男だ。

沖と三島は十六歳のときに、ともに東広島にある少年院に入所している。三島は暴行恐喝の罪で一年、沖も傷害の罪で二年いた。

ふたりは、横柄な物言いや理不尽な指示を下す教官に、徹底的に反抗した。

――舐《な》められたら、終《しま》いじゃ。

それが合言葉だった。

素行不良でふたりの入所期間は延びた。沖は一年、三島は半年、余分に喰《く》らった。

林と知り合ったのは、少年院のボスの座に就いたころだ。林が同房の者にいじめられていたのを、ひょんなことから救ったのがきっかけだった。

少年院でのいじめやしごきは常態化していた。が、沖は陰でこそこそ動くのが大嫌いだった。文句があるなら、堂々と腕で片をつければいい。陰湿ないじめやしごきは、男のやることではない、と思っていた。

ある日、教官の目の届かないところで、飼育していた豚の糞《ふん》を同房の者が林の口に捻《ひね》り込むのを目撃した。

——おどれら、止めんかい！

沖は一喝した。

全員が、その場に凍り付いた。

そのころには、沖に逆らう者は誰もいなかった。

——今度見かけたら、おどれらの腕、一本ずつへし折るど。

林へのいじめはそれを境に、ぴたりと止んだ。

十七歳にして車上荒らしの常習犯として有名だった林を、取り込もうとする人間は何人もいた。

娑婆《しゃば》に出てから、美味《おい》しい思いをするためだ。

林に盗みのテクニックを教えたのは父親の松吉《まつきち》だった。窃盗の松《ウカンムリ》——と捜査員からふたつ名で呼ばれた累犯者だった。

談話室で林の武勇伝を、沖は何度も聞いた。

狙いを定めたら、ひたすら鍵《かぎ》を開けることに集中する。一分以内に開かなかった鍵はない。目的を達成したときは、射精にも似た快感を覚える、と林は得意気に語った。

実際、林の腕は本物だった。

出所後、先に出た沖を頼ってきた林は、挨拶《あいさつ》代わりに、近くの駐車場に停めてあったクラウンの鍵を、ものの数十秒で開けて見せた。

林は痩《や》せぎすで、指も骨のように細かった。その指が繊細に蠢《うごめ》く様を見ながら、沖はこいつを手下に欲しいと思った。

その後も、沖の居場所を突き止め、院の仲間が次々と訪ねてきた。いまの呉寅会の主要メンバーは、少年院時代に知り合った男たちだ。彼らと呉原で暴れ回るうち、骨のある不良がひとりふたりと、傘下に入ることを申し出た。

仲間に加えたのは、眼鏡にかなったやつだけだ。ヤクザに憧《あこが》れるやつは、徹底的に排除した。

親分、子分の縦の関係ではなく、横の繋《つな》がりを重視した。三島と元以外は、沖のことをみな兄貴と呼ぶが、先輩、後輩のケジメはあっても、メンバーはみな、同じ兄弟分だ。

誰にも頼らない。邪魔する者がいたら、叩《たた》きのめして前に進む。独立愚連隊《ぐれんたい》──それが呉寅会のモットーだった。

今日子《きょうこ》が、ホルモンの天ぷらをテーブルに持ってきた。今日子はおばちゃんの妹の孫娘で、十八になったばかりだ。高校時代から店を手伝っている。

たいてい、臍《へそ》が見えそうな短いTシャツに、ジーンズのショートパンツを穿《は》いている。肌の露出が多い恰好《かっこう》だが、いやらしく見えないのは、屈託のない笑顔のせいだろう。

昭二が出刃包丁と割り箸《ばし》を使って肉を切り分け、皿に盛って沖に差し出す。

「兄貴。昨日は遅かったんっすか」

どうやら、酒の臭いが残っているらしい。

沖はホルモンの天ぷらに箸をつけた。一味をたっぷりいれたポン酢で食べる。口から出した箸の先を、昭二に向けた。

「おうよ。三島と元と、朝まで飲んどった」

「いつものクインビーですか？」

昭三が訊ねる。

沖は肯き、缶ビールを一気に飲み干した。二日酔いの頭に、心地よくアルコールが回る。

「おばちゃん！」

カウンターの奥にある厨房《ちゅうぼう》に向かって、昭二が声を張った。

「ビール、あるだけ取るで！」

「まだこっちの、冷えとらんけ。ゆっくり飲んでよ」

今日子はビールを両手に抱えて厨房から出てくると、冷蔵庫に補充した。

沖が缶ビールのプルタブを開けたとき、三島がやってきた。

三島は昭二たちを見やると、片手をあげた。

「おう、ご苦労さん」

「オッス！」

沖を除く三人が頭を下げる。

三島は沖の隣に座ると、生欠伸《あくび》を嚙《か》み殺した。

沖はビールをごくりと飲み干し、訊《たず》ねた。

「昨日はどうじゃった」

三島はクインビーのアルバイト、由貴《ゆき》を持ち帰った。

手の甲で瞼《まぶた》を擦《こす》りながら、三島はだるそうに言った。

「昼まで励んどったけん。眠とうてかなわん」

沖は苦笑した。

「かなわんのは由貴のほうじゃないんか？」

三島はテーブルに肘《ひじ》をつくと、下卑《げび》た笑い声を上げた。

「そうかもしれんの」

三島がシャツの胸ポケットから煙草を取り出して咥えた。沖も自分の煙草を咥える。

ふたりの両脇に座る昭二と昭三が、それぞれ同時に、ライターの火を差し出した。

双子だけあって、寸分違《たが》わぬタイミングと仕草だった。

沖は昭二の、三島は昭三のライターで煙草に火をつける。

三島が煙草を吹かしながら、テーブルにある缶ビールのプルタブを開けたとき、入り口の引き戸になにかが当たる大きな音がした。

驚いてそちらを見やると、開いた入り口の引き戸に、血だらけの元がもたれていた。シャツは泥だらけで、顔が青黒く腫《は》れていた。額が割れているのか、額から頬にかけて血が流れている。かなりの量だ。

カウンターにいたホステスが悲鳴をあげる。

沖は椅子から立ち上がった。

「どうしたんなら！」

沖より早く、昭二と昭三が元に駆け寄った。

ふたりに両脇を抱えられた元は、崩れ落ちるように椅子に座った。

三島が、テーブルにあった布巾《ふきん》で、元の額を押さえた。

「誰にやられたんじゃ！」

訊ねる三島に、元が息も絶え絶えに答える。

「そこのパチンコ屋で……四人組と込み合《お》うて……」

「どこのもんや」

沖は怒りを抑え、静かに訊《き》いた。

元は小さく首を横に振った。

「わからん。じゃが、四人とも揃いの特攻服を着とった」

三島が沖を見た。

「どっかの暴走族じゃろ」

「まだ、おりますか！」

昭二と昭三が、同時に訊く。

「おると思う。箱を積んどったけ」

元は呻《うめ》くように答えた。

ドル箱を積むほど玉を出しているなら、確かにいる可能性が高い。

沖はカウンターのなかで、茫然《ぼうぜん》と立ち尽くしている今日子を見た。

「今日子ちゃん、悪いがこいつ、手当てしちゃってくれ」

我に返ったように、今日子が素早く動く。汚れていないタオルを手に、カウンターの奥から飛び出してきた。

片手で元の身体を支えると、今日子は空いている手で頭にタオルを当てた。沖を見て、毅然《きぜん》とした声で言う。

「話せるけん、大丈夫じゃ思うけど、具合が悪うなったら病院へ連れてく。心配せんでええよ」

可愛い顔をしているが、下手な男より肝《きも》が据わっている。

「よし、いくぞ！」

沖は手元にあった出刃包丁を握った。

駆け出そうとする沖を、おばちゃんが呼び止めた。

「いけん、いけん！　ちいと待ちんさい！」

沖たち五人は足を止め、後ろを振り返った。

カウンターから出てきたおばちゃんの手には、出刃包丁があった。沖に、差し出しながら言う。

「そっちは鈍《なまく》らになっちょる。こっちは研いだばっかりじゃけ、これ持っていきんさい」

差し出された出刃包丁の刃は、銀色に光っている。

「すまんのう」

沖はそう言うと、新しい包丁を受け取った。

すでに陽は落ちている。

五人は夜道を、パチンコ屋に向かって駆け出した。

元がやられたパチンコ店――「パーラークラウン」は、大通りの角にある。佐子から歩いて五分、全速力で走れば三分とかからない。

パーラークラウンに着いた沖は、正面入り口の前で立ち止まると、後ろにいる四人を振り返った。

「ええか。なかじゃ騒ぐなよ。見つけたら、裏の駐車場に連れ出す。そこでやる」

四人は沖の目を見ながら、深く肯いた。

沖は包丁を持っている右手を、左脇に隠した。三島も倣《なら》う。

昭二はダンベルを、昭三は砂入りのヌンチャクを、ズボンの後ろに差し込んだ。

武器《どうぐ》を持たない林は両手の指をポキポキ鳴らすと、ズボンのポケットに突っ込んだ。

四人に背を向けて、沖が店の入り口に向き直る。

観音開きのドアを開ける。煙草の煙と耳をつんざく喧騒が押し寄せた。

パーラークラウンは、狭い店だ。台の数は百あるかないかで、シマは五つ。通路の両側に、およそ十台ずつ並んでいる。

中年の店員が、沖たちに気づいた。柄の悪い五人連れを前に面を伏せ、上目遣いにちらちらとこちらを窺《うかが》う。目が、泳いでいた。店員の挙動は、どうか騒ぎを起こさないでくれ、と祈っているようだ。

沖は右端の通路から、順に確認した。

四列目まで、元が言っていた男たちはいない。もしかして、すでに店を出たのか。

急いで五列目を見やった沖は、心のなかでにやりと笑った。

列の一番奥の台に、若い男たちが屯《たむろ》している。

黒い特攻服に、編み上げの安全靴を履いている。背中には、瀬戸内《せとうち》連合会、の名前が刺繡《ししゅう》されていた。

ひとりが打っている台を、背後から三人が取り囲んでいる。周りから、打っている男の姿は見えない。鶏冠《とさか》のような髪が見えるだけだ。

沖は三人の男の隙間に目を凝らした。

台に座る男が、ガラスに左手を当てて、入賞口へ滑らせている。男たちの足元には、玉が満杯のドル箱が五つほどあった。

沖の後ろから見ていたのだろう。背後で三島が、ぼそりとつぶやいた。

「不正行為《ゴト》じゃな」

左手に忍ばせた磁石を使って、玉を入賞口へ導いているのだ。

沖は隠し持っている出刃の柄を強く握ると、男たちに近づいた。

なにか気配を感じたのか、一番手前にいる男がこちらを見た。

眉《まゆ》をそり上げ、険しい表情を作っているが、貫禄《かんろく》がない。まだ十六、七歳ぐらいだろう。少し上を向いた団子っ鼻に、愛嬌《あいきょう》があった。

沖たち五人のただならない様子に気づいたらしく、団子っ鼻は驚いた様子で仲間の肩を叩いた。

特攻服姿の男たちが、一斉に沖たちを振り返った。

団子っ鼻の隣にいる、リーゼントの男が、沖たちを睨《にら》む。その後ろから、背の高い男が、肩を揺らすように沖たちを見やった。

どちらも沖と同じ年回りに見える。

パチンコを打っていた男が、手を止めて椅子から立ち上がった。三人のあいだを割り、前に出る。

特攻服の胸元に、金色のバッジがある。ほかの者にはないところをみると、おそらく幹部かリーダーの証《しるし》だろう。四人のなかでは、こいつが親玉だ。

「なんじゃ、われ！　なにメンチ切っとるんじゃ、こら！」

親玉が怒声を張り上げた。

下より先に、上が声を張る。

沖は心のなかで嗤《わら》った。

弱い犬ほどよく吠《ほ》える。文句垂《カバチた》れるのは、下の役目だ。上に立つやつが真っ先に鳴く犬どもなど、高が知れている。

三島も同じように感じたらしく、後ろで溜め息交じりにぼやいた。

「こがあなやつらにやられるんじゃけ、元も情けないよのう」

奥にいたのっぽが、リーゼントと団子っ鼻を押しのけて、親玉の脇に立った。どうやらこいつが二番手らしい。

「おどれら、あのチビの仲間か！」

三島は一歩前に出ると、沖と肩を並べた。床に唾《つば》を吐き、挑発するように口角を上げる。

「おお、そうじゃ。あのチビの仲間じゃ」

のっぽが蔑《さげす》むような目で、鼻から息を抜いた。

「あがあなチビのヘタレが身内とは、お前らも難儀じゃのう」

後ろで昭二が怒鳴《どな》った。

「なんじゃと！　元の兄貴はチビかもしれんが、ヘタレじゃないど。兄貴がチビなら、こんなァ、うどの大木じゃろうが！」

沖は首だけを後ろに向け、冗談を飛ばした。

「昭二。お前がチビ、チビ言うとったんは、あとで元に教えちゃる」

威勢のよかった昭二が、途端に意気消沈する。

「いや、それは言葉のあやで、ほんまはそがあなこと……」

「兄貴が言わんでも、わしが言うわ」

昭二のとなりで昭三がからかう。沖への態度と打って変わり、昭二は強気に出た。

「うるさいわい！　黙らんと、その口にお前のヌンチャク突っ込むど！」

昭三は真顔になり、昭二を斜めに睨んだ。

「ああ？　やれるもんならやってみいや。その前にお前のダンベルで頭かちわったるわ」

ふたりの兄弟喧嘩はいつものことだ。

じゃれあうふたりを無視して、沖は視線を親玉に戻した。

「玉が出とるとこ悪いが、ちいとそこまで、顔ォ貸してくれんかのう」

いつもと変わらない口調で言う。

親玉は、沖と三島の右手に目をやった。ふたりが懐《ふところ》に武器《どうぐ》を忍ばせていることに気づいたらしい。特攻服の上着の裾《すそ》を、これ見よがしに捲《まく》る。

ベルトに差した匕首《あいくち》——白鞘《しらさや》の木目がはっきりと見える。手垢《てあか》で汚れていないということは、本気で使ったことがないのだ。やつの匕首は、所詮、飾りだ。

親玉は顎《あご》をあげて、沖たちを睥睨《へいげい》した。

「わしら、瀬戸内連合会のもんじゃ。怪我ァせんうちに、去《い》ねや」

瀬戸内連合会は、音戸《おんど》に本拠を置く、広島最大の暴走族だ。会員は百名を超えると聞いている。ケツを持っているのは、たしか笹貫組だ。

沖の脳裏に、喫茶店ブルーで、偉そうにふんぞり返っていた横山の顔が蘇《よみがえ》る。笹貫組のやつらとは、取り立《キリトリ》てで揉めた因縁がある。

自然と口角が上がった。

——ちょうどいい。

沖は素知らぬ顔で、訊き返した。

「ほうの。で？」

親玉の顔色が変わる。

ヤクザ以外で、会の名前を出して怯《ひる》まない者は、この辺にいないのだろう。

後ろに控えているリーゼントが、声を荒らげた。

「おどれら、どこの田舎者なら！　連合会、舐めとったら、承知せんど！」

問いに答えず、沖は惚《とぼ》けた声で言った。

「どう、承知せんのなら」

まったく臆《おく》さない沖に、親玉の怒りは頂点に達したようだ。顔を真っ赤にして、腰に差した匕首を右手で握る。

店のなかでの乱闘はまずい。堅気《かたぎ》を巻き込む恐れがある。

沖が店の外へ誘いだそうとしたとき、間がいいことに店員が割って入った。白髪が目立つ年配の男だ。白シャツのネームプレートには店長とある。

「すみません、ここでもめ事はちょっと……ほかのお客様もいらっしゃいますし」

店長は双方の顔色を窺い、頭が膝《ひざ》につくほど腰を折った。

沖はあたりを見回した。いつのまにか、通路の陰に人垣ができている。これ以上、騒ぎが大きくなったら、警察に通報されるだろう。逮捕《パク》られたら面倒だ。

沖は親玉に目をやった。

「わしゃあ、どこでもええがのう」

親玉は隣にいるのっぽになにかしら耳打ちした。のっぽが小声で答える。店内の喧騒に掻《か》き消され、のっぽの声は聞こえない。

親玉は肯くと、沖に目を戻した。

「ええじゃろ。誰にも邪魔されん、静かなとこがあるけん、そこでゆーっくり話そうや」

親玉の顔に、余裕の笑みが浮かんでいる。のっぽがなにか入れ知恵をしたのだろう。

「いくぞ」

親玉は手下に命じると、こちらに向かってきた。沖と三島に肩をわざとぶつけながら、乱暴にあいだを通り過ぎていく。

親玉の後ろにいたのっぽは、沖の横を通るとき、鼻がつくぐらい顔を近づけた。

「広島の喧嘩がどがあなもんか、教えちゃるけん」

笑いがこみ上げる。

喧嘩に広島もへったくれもない。必要なのは、根性だけだ。

親玉が店を出るとき、店長がこっそり白い封筒を差し出した。親玉が軽く肯き、封筒を上着の胸ポケットに素早く仕舞う。

出玉の換金分か。

いや、と沖は即座に否定した。

あいつらのことだ。勝っても負けても、金をせびっている。笹貫組の名前を笠《かさ》に着て、この界隈《かいわい》でやりたい放題やっているに違いない。

ケツを持っているチンピラをボコボコにされたら、横山はどんな顔をするだろう。

横山の外道《げどう》に、笹貫組に、一泡ふかすいいチャンスだ。

自然に笑みが零《こぼ》れる。

隣で三島が沖を見ながら言った。

「沖ちゃん、嬉《うれ》しそうじゃのう」

見ると、三島の表情も崩れている。

沖は声に出して笑った。

「おお、嬉しゅうて、しょうがないわい」

沖は歩きながら、脇の下で出刃包丁の柄を強く握った。

親玉に連れていかれた場所は、パーラークラウンから歩いて二分のところにある、裏路地の駐車場だった。駐車場といえば聞こえはいいが、使い道がなくなった土地の所有者が、適当に造っただけのものらしい。灯《あか》りは電柱に括《くく》り付けられている電灯がひとつ。駐車スペースは、ロープで地面を区切っただけのものだった。

ひと気のない雨ざらしの駐車場など、使うものはあまりいないのだろう。十台ほどおける敷地に停まっている車は、二台だけだった。どちらも古い。

駐車場の真ん中で、沖たち五人と、瀬戸内連合会の四人は向き合った。

連合会のメンバーは、みな鼻息を荒くしている。

親玉はベルトから匕首を取り出すと、鞘から抜き沖たちに向けた。

「わしらに喧嘩売ったこと、後悔すなや！」

ほかの三人も、服の下に隠し持っていたスパナやメリケンサックを取り出す。

肩に力が入っているのが、見ていてわかった。

緊張が手に取るように伝わってくる。

沖は力を抜いた。筋肉を弛緩《しかん》させる。

俊敏な動きは、筋肉を柔らかく保っておかないとできない。拳《こぶし》や蹴《け》りは、繰り出す瞬間に力を入れることで、破壊力を増す。

こいつらは、言うほど喧嘩慣れしていない。勝負はものの十分とかからないだろう。

昂《たかぶ》っていた気持ちが、冷めてくる。

それでも、元の仇《かたき》はきっちり取らなくてはならない。

気合を入れ直し、相手を睨みつけた。

両者の間合いが詰まる。

昭二と昭三が、沖と三島の前に出た。いつものことだが、林は後ろに控えたままだ。双子が得物を振りかぶったとき、駐車場の隅に停められたバイクが沖の目に入った。

「ちょっと待て！」

手を上げて制する。

敵も味方も、呆気《あっけ》に取られたように沖を凝視した。

沖は集団から抜けて、バイクに近寄った。

バイクは全部で四台あった。バブが二台、インパルスとカワサキＺ４００ＦＸが一台ずつだ。どれも、マフラーを上げた暴走族仕様だ。ガソリンタンクの脇に「瀬戸内連合会」と書かれたステッカーが貼ってある。

バブとインパルスは沖の好みではなかったが、カワサキはいいと思った。四台のなかで一番手の込んだ改造をしている。このバイクに乗っているやつは、よほどバイクに詳しいか、いいセンスを持っている。

「どうしたんなら」

思いがけない行動をする沖に、三島が怪訝《けげん》な顔で声をかけた。

沖はカワサキの前に立つと、腰を屈《かが》め、隅から隅まで眺めた。やはりいい。こいつで飛ばせば、さぞ気分がいいだろう。

沖は腰を伸ばすと、暴走族に訊いた。

「これ、誰のもんない」

親玉が不機嫌そうに答える。

「わしのじゃ。それがどうした」

もったいない。沖は心のなかでつぶやいた。横山がつけていたロレックスの腕時計も、こいつのカワサキも豚に真珠だ。いいものほど、その価値にそぐわない野郎が持っている。

沖はバイクのシートを撫でた。

「これ、わしにくれんかのう」

突拍子もないことを言い出す沖に、親玉は怒声を張り上げた。

「われ、なに言うとるんじゃ。おちょくっとったら、殺すぞ！」

沖は昔から、欲しいものを我慢することができない。手に入るものは手に入れる。

車も女も金もそうだ。

沖は諭すように言った。

「じゃったら、貸してくれや、のう」

親玉の顔が夜目にもわかるほど赤くなる。匕首を振りかざし怒鳴った。

「文句垂《カバチた》れな！　その汚い手ェ、早《はよ》うシートから離せ！」

沖は盛大に舌打ちをくれた。

「貸してもくれんのか。じゃったら——」

思い切り、バイクの腹を蹴飛ばす。

重いバイクが、大きな音を立てて地面に倒れる。

親玉の怒声が悲鳴に変わる。

「な、なにするんなら！」

沖は肩越しに親玉を振り返った。

「わしが乗れんのじゃったら、用はないけえのう。それに——」

沖は手にしていた出刃包丁を大きく振りかざすと、隣にあるインパルスのシートに突き刺した。

「こいつも、乗っとるんがこがなチンピラじゃァ、不憫《ふびん》じゃ。いっそ、引導を渡しちゃる」

沖はシートに突き刺した出刃を、思い切り手前に引いた。シートがざっくり割れる。

すかさず十字になるよう、横に切り裂いた。

沖はインパルスのガソリンタンクを蹴って倒すと、三島たちを見やった。

「のう、お前らも、そう思わんか」

仲間が口々に叫ぶ。

「そうじゃ、そうじゃ」

三島が小馬鹿にしたように、くぐもった笑い声を上げる。

「バイクは人を選べんけんのう。可哀そうじゃ」

沖は倒れたカワサキを踏みつけた。

「お前らも、やっちゃれ！」

沖の声を合図に、三島たちはバイクに駆け寄り、次々と破壊した。地面に倒し、サイドミラーをもぎ取る。昭二と昭三はダンベルとヌンチャクで、車体をボコボコに殴りつけた。

瀬戸内連合会の者たちは、茫然と立ち尽くしている。容赦ないやり方に怯んでいるのか、黙って見ていた親玉が、震えを帯びた声で訊ねた。

「お前ら、なにもんじゃ」

「わしらかァ？」

出刃包丁でシートを切り刻んでいた沖は手を止めた。

三島が親玉を睨みながら、啖呵《たんか》を切った。

「わしら、呉寅会のもんじゃ！　よう覚えとけ！」

愚連隊に正面切って喧嘩を売られ、引くに引けなくなった親玉が、虚勢を張る。自らを奮い起こすように、手下に怒鳴った。

「こいつら、生かして帰すな！」

親玉の声を合図に、暴走族は沖たちに挑みかかった。

のっぽがスパナで昭二を襲う。昭二はスパナをダンベルで受け止めた。返す刀でのっぽの頭をダンベルでかち割る。のっぽは一撃で、地面に膝から倒れた。

昭二の背後にリーゼントが近づく。バタフライナイフで、背中を狙っている。

その手首に、昭三が思い切り、ヌンチャクを叩きつけた。

ナイフが吹っ飛ぶ。

リーゼントが悲鳴をあげた。骨が折れたのだろう。手首を握り、すすり泣くように呻いている。

振り下ろしたヌンチャクで、昭三はそのまま団子っ鼻の顔面を払った。

団子っ鼻は、機敏な動きで攻撃をかわし、体勢を崩した昭三の横っ面を拳で殴った。

素手ならそれほどでもないのだろうが、メリケンサックは効いたらしく、昭三は大きくよろめいた。

昭三に追い打ちをかけようとする団子っ鼻に、三島が出刃包丁を向けた。

包丁の刃が薄暗がりで光り、空を切る。

団子っ鼻が、怒声をあげて三島に殴りかかった。拳を腹に食らった三島の手から、包丁が落ちる。

三島は団子っ鼻の膝に、前から蹴りを入れた。

団子っ鼻の絶叫が、あたりに響く。地面に倒れた団子っ鼻の右膝は、逆に折れていた。

地面に倒れた三人を、林が蹴りつける。

瀬戸内連合会で立っているのは、親玉だけだった。

親玉は鞘から抜いた匕首を両手で握りしめた。

「わ、わしの実の兄貴はのう、笹貫組の幹部じゃ。お前ら、組を敵に回す度胸、あるんか」

声が明らかに震えている。

三島は、不敵な笑みを浮かべた。

「笹貫組？　上等じゃ、こら。同じ喧嘩するんなら、ヤクザのほうが面白いけえ。のう？」

沖に同意を求める。

出刃の持ち手を指先でくるりと回し、沖は口角を上げた。

「おお、極道なら遠慮がいらんけん。片っ端からぶっ殺しちゃる。その実の兄貴いうの、いますぐ連れてこいや」

沖は出刃包丁を、親玉の目の前でちらつかせた。

「で、言いたいことはそれだけか。そがあな寝言抜かす前に、言わにゃァいけんことがあるじゃろうが」

見当がつかない、といった表情で、親玉は小さく首を振った。

沖は語気を強めた。

「元への詫《わ》びじゃ」

三島が出刃包丁の刃先を親指で軽く叩く。歯を剝《む》き出して凄《すご》んだ。

「言うといたるがのう。指の一本や二本じゃ、すまんど」

親玉の顔色が見る間に青ざめる。あたりに小便の臭いが立ち込めた。

「あ、あれはわしじゃのうて、あいつが勝手にやったんじゃ」

甲高い声で、親玉はのっぽを指さした。

「ほんまで。わしゃァ、なんも知らんかったんじゃ」

——この根性なしが。

地面に唾を吐くと、沖は背を向けた。自分が手を下すまでもない。

親玉がふーっと、息を吐く気配がした。が、溜め息は、すぐさま呻きに取って代わられた。

肩越しに振り返ると、昭二がダンベルで顔面を横殴りにしたところだった。

口から血が、涎《よだれ》と一緒に流れている。

気を失ったのか、親玉はぴくりとも動かない。

「兄貴。こいつの指、詰めますか」

昭二が沖に訊ねる。

こんなチンピラの指を取ったところで、一文の足しにもならない。

「指はええけん。小便ぶっかけちゃれ」

林が嬉々《きき》としてズボンのファスナーを開ける。尿意が限界に近づいていたのか、勢いよく放尿をはじめた。

呻き声を上げ、意識が戻った親玉が片手で顔を庇《かば》う。

「や、止めて。止めて、ください」

血塗《ちまみ》れの口から、か細い声が漏れた。

沖は腰を屈め、親玉に視線を合わせた。

「こんなァ、名前は」

血泡を噴きながら、親玉が答える。

「安藤《あんどう》、いいます」

沖は安藤に、顔を近づけた。

「ほうか。安藤か」

沖はにやりと笑った。

「安藤くん。これからあそこのパチンコ屋のカスリは、わしらが貰《もら》うで。文句はないじゃろうの」

安藤は頬の表情筋を小刻みに震わせた。

「でも、組のほうが……」

耳元で怒声を張り上げる。

「極道がなんぼのもんじゃ！」

沖の凄《すさ》まじい一喝に、安藤が両耳を手で塞《ふさ》ぎ、目を瞑《つむ》った。絞り出すように声を発する。

「わ、わかりました。わかりましたけ」

沖は笑みを浮かべ、安藤の懐から封筒を抜いた。

「早速、今日から貰《もろ》うとくで」

立ち上がる。

安藤に最後の蹴りを入れた。

呻き声に背を向け、仲間に顎をしゃくる。

「おい。帰るど」

沖は元の待つホルモン屋に、ゆっくりと足を向けた。

九　章

ネオンが立ち並ぶ大通りから脇道に入ると、やがて細い路地に出る。その道の奥に「小料理や　志乃《しの》」はある。大上の馴染《なじ》みの店だ。

尾谷組の事務所から志乃まで、車で十分ほどかかる。大上と一之瀬を乗せた事務所のセドリックは、ふたりを降ろすと、少し離れたところでエンジンを切った。

ボディーガード役を兼ねた運転手と助手席の若い衆が車に残る。なにか事が起きた場合、すぐに駆けつけるためだ。

大上は暖簾《のれん》をくぐり、格子の引き戸を開けた。

「いらっしゃい」

カウンターのなかで晶子《あきこ》が面を伏せたまま、反射的に声をあげた。洗い物の手を止め、こちらを見る。

大上を認め、目を丸くする。和服の上に締めたエプロンで手を拭《ふ》きながら、カウンターから小走りで出てきた。

驚きの表情が、満面の笑みに変わる。

「ガミさん！　ガミさんじゃないの！　久しぶりじゃね！」

子供のようなはしゃぎ声だ。

大上は軽く手をあげた。

「よう。相変わらず、別嬪《べっぴん》じゃのう」

晶子は口元に手を当てて、ころころと笑った。

「ガミさんも、相変わらず口が上手じゃねえ」

晶子は大上の後ろに控える一之瀬に気づいた。

「あら、守ちゃんも一緒じゃったん？」

一之瀬は苦笑した。

「ママさんは、ガミさんしか目に入らんのですね」

晶子はあからさまに科《しな》を作ってみせた。

「そりゃァそうよね。うちはええ男にしか興味ないけえ」

挨拶《あいさつ》代わりの軽口――店内に笑いが弾《はじ》ける。

大上はカウンターの隅に座った。いつもの指定席だ。隣に一之瀬が腰を下ろす。

まだ宵の口だ。ふたりのほかに、客はいない。

カウンターのなかに戻った晶子が、おしぼりを差し出しながら訊《たず》ねる。

「とりあえず、ビールでええね」

大上はおしぼりを受け取りながら肯《うなず》いた。

「ああ。キンキンに冷えたやつ、頼むわい」

一日中、動いていたため、喉《のど》が渇いていた。

晶子はふたりの前に、冷えたグラスを置いた。水滴が浮かんだ瓶ビールの栓を抜き、ふたりのグラスにビールを注ぐ。

グラスをひと息で干す。一之瀬がすかさず、横から瓶を差し出した。

酌を受けながら、まな板の上で手を動かす晶子に目を向ける。

「半年ぶりじゃのう。元気そうでよかったわい」

晶子は流し目で一之瀬を見た。

「お蔭《かげ》さんで。守ちゃんがようしてくれるけんね」

一之瀬は首を横に振った。

「いえ、ようしてもろうとるんは、こっちですよ。うちの若い者にいつも気ィ遣《つこ》うてもろうて」

一之瀬が志乃で飲むときは、若い者をなかに入れない。ほかの客に迷惑がかからないよう遠慮させる。そんな気遣いを知っている晶子は、一之瀬が帰るときによく、お握りを持たせた。車で待っている若い者の、腹の足しにするためだ。

晶子は四十路《よそじ》を超えたか超えないかの年齢だが、三十半ばにしか見えない。結婚していたが、夫とは死別していた。いまは独身だ。

一見、穏やかだが芯《しん》が強く、男が思わず振り返るほどの容姿を持つ晶子を、落とそうとしている客は山ほどいる。しかし、晶子にその気はないらしい。口説く客を、適当にあしらっている。

もっとも、客のほうも晶子と尾谷組の関係を知っているから、しつこく言い寄る者はいない。

晶子の死んだ夫、賽本友保《ともやす》は、尾谷組の若頭《わかがしら》だった男だ。いまから十年ほど前、尾谷組と一触即発の状態にあった五十子会の鉄砲玉に、居合わせたバーで射殺された。絵図を描いたのは、五十子会若頭の金村安則《かねむらやすのり》といわれている。金村も、その三か月後に刺殺された。

賽本と顔なじみだった大上は、事件後、晶子の面倒をなにくれとなく見た。が、男女の関係はない。弱った女に付け入るような真似は、大上の流儀ではなかった。

女が欲しくなれば、金で買えばいい。色だの恋だの、面倒ごとは御免だった。

可愛がってもらった兄貴分の賽本が殺され、まだ十代だった一之瀬は拳銃《けんじゅう》を懐《ふところ》に、血走った目で金村の行方を追った。

金村が殺されたとき、警察が真っ先に引っ張ったのが、一之瀬だった。が、これは誤認逮捕で、大上は当日のアリバイを調べ、一之瀬の無実を証明した。

金村を殺《や》った犯人は、いまだに捕まっていない。

一之瀬から見れば、兄貴分の女房だった晶子は「姐《あね》さん」に当たる。本来はそう呼ぶべきなのだろうが、晶子が嫌がった。死んだ旦那《だんな》を思い出すから——と、それが理由だった。

晶子は賽本が死んでしばらくして、志乃を開いた。以来、この店は尾谷組が守っている。店で揉《も》め事があれば、すぐに尾谷の若い衆が出張る。晶子が、一之瀬がよくしてくれる、と言った意味はそういうことだ。

晶子が、手製の牡蠣《かき》の塩辛を、ふたりの前に置いた。

「今日はなにかええのが、あがっとるかのう」

訊ねる大上に、晶子は得意そうに答えた。

「今日はええ鯛《たい》が入っとるんよ。煮つけがええね？　それとも塩焼きにする？　鯛めしもどうね？」

大上はおしぼりで、首の後ろを拭《ふ》きながら即答した。

「塩焼きを頼むわ。昼間、ようけ汗かいたけえ、塩気が足りん」

「守ちゃんは？」

晶子が一之瀬を見る。

「お任せします」

一之瀬はビールを飲みながら答えた。

晶子は、着物の袖《そで》にたすきを掛けて、気合を入れた。

「ほうね。じゃあ、楽しみに待っといて。いまから支度するけん」

晶子が店の奥に入っていく。

店にふたりだけになると、一之瀬が懐からマルボロを取り出した。自分で火をつける。大上がハイライトを胸ポケットから出すと、ライターの火を差し出した。

大きく煙を吐き、一之瀬は真顔で訊ねた。

「ほいで、わしへの用向きは、なんじゃったんですか」

大上は前を見据えたまま、煙草を燻《くゆ》らせた。

「こんなァ、沖いうんを知っとるか」

隣で一之瀬が、少し驚いたように訊《き》き返す。

「沖いうて、虎のことですか」

即答するということは、極道のあいだでも、それなりに名前が売れているということだ。

大上は一之瀬に顔を向けて、にやりと笑った。

「ほう。やっぱり知っとるんか」

一之瀬は、目の前の灰皿に煙草の灰を落とした。

「知っとるもなにも……虎を知らん極道は、このへんじゃおらんですよ」

一之瀬がそこまで言うということは、よほど面倒ごとを起こしているのだろう。

「お前から見て、どがあなやつなら」

一之瀬は手酌でビールを注いだ。

「ひと言でいうたら、獣みとうなやつです」

広島の喫茶店、ブルーで会ったときの沖を思い出す。笹貫組の名前を聞いて動じるどころか、逆に嚙《か》みつく姿は、まさに獣といえる。ぴったりの譬《たと》えだ。

一之瀬はひとつ息を吐くと、呆《あき》れ口調で言った。

「呉寅会いう愚連隊《ぐれんたい》の頭ァ張っとりますが、シマは荒らすわ、勝手にカスリは取るわ、チンピラじゃろうが、極道じゃろうが、見境なしに喧嘩《けんか》吹っ掛けてきよる」

大上は一番確かめたかったことを訊いた。

「ケツ持ちはどこない」

一之瀬が首を振る。

「あれらは一本です」

大上は、ほう、と声を漏らした。

「いまどき珍しいのう」

一本——独立独歩で凌《しの》いでいるということだ。

愚連隊のバックにはたいてい、ヤクザが控えている。そうでなければ、すぐ潰《つぶ》されるのがこの世界だ。

一之瀬は吸殻を灰皿に押し付けると、二本目の煙草を咥《くわ》えた。

「うちの義《よし》が少年院《ねんしょう》で一緒じゃったんですが――」

宮里義男《みやさとよしお》は、尾谷組の準構成員だ。歳は沖と同じくらいのはずだった。

「やつがいうには、極道とシャブ中が大嫌いで目の敵にしとる、いう話です」

シャブ中と極道――沖の父親が頭に浮かぶ。

大上は目の端で一之瀬を見た。

「極道がシマァ荒らされとったら、顔が立たんじゃろ。組長が出所してくるまでは、こんなが尾谷の看板背負うちょるんじゃないんか。なんで、のさばらしとるんじゃ」

一之瀬は含み笑いをしながら、大上を見た。

「それがですのう。なんでか知らんが、あいつら、うちのシマは荒らさんのです」

言いながら一之瀬は、大上のグラスにビールを注いだ。

「あれらがちょっかい出しとるんは、五十子や加古村のシマだけです」

「なしてじゃ」

「さあ」

一之瀬が首を傾げる。

「こっちが教えてほしいくらいですよ」

一之瀬にも、理由がわからないらしい。大上は別な問いを発した。

「五十子や加古村はどうしとるんじゃ。黙って見ちょるんか」

追い込みはかけたはずだ、と大上は思っていた。極道が面子《メンツ》を潰されて黙っていたら、飯の食い上げになる。

一之瀬は自分の胸を、親指で小突いた。

「虎はそのあたりの不良とは、ここが違《ちご》うて、肝《きも》が据わっとるんですよ。呉寅会の連中も似たり寄ったりで、極道を屁《へ》とも思うとらん。拳銃《チャカ》まで揃えとるいう話ですけ、極道と変わりゃァせんです。正面切って喧嘩売ったら、やつら本気で嚙みついてきよる。じゃけえ、五十子も加古村も、下手に手を出せんのですよ」

喫茶店で見た、沖の不敵な面構えが頭を過《よぎ》る。たしかにあいつなら、相手が誰だろうと、売られた喧嘩は喜んで買うだろう。

「そうそう」

思い出したように、一之瀬が笑う。

「いっぺん加古村が手下にしよう思うて、虎をスカウトに行ったらしいんじゃが、もののの見事に剣突くろうたそうです。わしは誰の言いなりにもならん、いうて暴れ出しよったとか」

誰にも飼うことができない、野生の虎か。ますます面白い。

大上は煙草を吹かしながら、頭のなかで情報を整理した。

尾谷組では、シャブはご法度だ。大きな組はたいてい、表向きは覚せい剤を禁止しているが、それは建前だ。シノギの一環として見て見ぬ振りをしている組織が大半だった。だが、尾谷憲次は昔気質《かたぎ》の博徒《ばくと》で、クスリをいじることを厳禁している。見つかれば即座に破門、堅気に売った場合は絶縁、という重い処分を組の規律に定めている。

一方、五十子会とその傘下の加古村組にとって、シャブは重要な資金源だ。呉原のクスリを仕切っているのはこの両者だった。

沖が五十子と加古村のシマを荒らしているのは、シャブと無縁ではない。ヤクザでシャブ中だった父親への憎悪が、形を変えて、父親が属していた五十子会に向けられているのだろう。

こいつは都合がいい、そう大上は思った。

自分にも、五十子に対する因縁はある。だが、警察官という立場上、表立って動くことはできない。ヤクザを憎んでいる沖を焚《た》きつけて、五十子に牙《きば》を剝《む》かせる。五十子が沖に手を出せば、五十子を堂々としょっ引くことができる。

隣から一之瀬が、大上の顔を覗《のぞ》き込んだ。

「なんぞ、面白《おもろ》いことでもありましたか」

どうしてそう思ったのか。怪訝《けげん》な顔を向けると、一之瀬は少し間をおいて答えた。

「ガミさん、笑《わろ》うちょるんで」

大上は頬に手を当てた。知らず、口角が上がっていたらしい。

「虎と、なんぞあったんですか」

一之瀬の目に、探るような色が浮かぶ。

大上は話をはぐらかした。

「もう一本、いくか」

空のビール瓶を持ち上げる。

一之瀬がなにか言おうとしたとき、店の奥から晶子がやってきた。

「はい、お待ちどおさま」

カウンターのなかから、大皿を差し出す。滅多に見ないほど大振りの鯛の塩焼きが載っている。

大上と一之瀬の口から、同時に感嘆の声が漏れた。

大上は尾についている塩を指でなめた。塩に鯛の旨味《うまみ》が沁《し》み込み、かりっと焼きあがっている。

大上は一之瀬の腕を肘《ひじ》で小突いた。

「こいつは日本酒じゃろう」

「ですのう」

大上は晶子に向かって言った。

「冷酒、頼むわ」

「はい。すぐに――」

そう答えた晶子が、冗談めかして付け加える。

「明石《あかし》の鯛じゃけ、よう味おうて食べんさい」

晶子は背後の冷蔵庫から、四合瓶を取り出した。

白鴻《はくこう》の辛口だ。海のものによく合う。

ふたりの前に冷酒用のグラスを置き、なみなみと注ぐ。

よく冷えた酒をひと口含み、大上は鯛に箸《はし》をつけた。絶妙な塩気、引き締まった身、程よく脂が乗っている鯛が、辛口の酒によく合う。

「こりゃあ、ええ」

一之瀬に勧める。

「お前も食べてみい」

口に入れた一之瀬が、うん、と声に出して肯く。

「美味《うま》い！　ママさんは料理上手じゃが、こりゃァ格別じゃ」

晶子は嬉《うれ》しそうに目を細めた。

「素材《もの》がええだけよ。お世辞言うても、なんも出んけんね」

そう言うと、晶子はいそいそと冷蔵庫を開けた。なにも出さないと言いながら、別の料理を作るのだろう。

上機嫌の晶子を眺めていると、一之瀬がぼそりと訊ねた。

「ところでガミさん、五十子のほうとは……」

一之瀬は、大上の背広の胸元を見ていた。

拳銃を納めたホルダーを装着していることに気づいていたのだろう。

「五十子となんぞ揉めとるなら、わしが出ますけ」

大上が、揉めている、と嘘を吐いたら、一之瀬は理由も聞かず、すぐに動くだろう。

一之瀬はそういう男だ。

五十子はいずれ潰す。だが、いまではない。

再び、沖の顔が脳裏に浮かぶ。いずれ、が近いか遠いかは、沖次第だ。

「ガミさん」

答えない大上を、促すように一之瀬が呼ぶ。

大上は首を横に振った。

「大丈夫じゃ。いまんところ、なんもありゃァせん」

一之瀬は、大上の妻子が死んだ経緯《いきさつ》を知っている。五十子との因縁や、かつて大上が的にかけられたこともだ。

ふたりの話が聞こえたのだろう。晶子が料理の手を止める。晶子も、大上の妻子に関わる事情を知っている、数少ないひとりだ。

晶子の顔色が曇る。心配そうに一之瀬を見た。

「守ちゃん。ガミさんのこと、頼むけんね」

一之瀬は真剣な声で答えた。

「心配せんでええですよ。ガミさんが呉原におってのときは、五十子のもんに指一本触らせませんけ」

言いながら、背広の裾《すそ》を捲《まく》る。

ベルトに差している拳銃――45口径のコルトパイソンが黒光りを放っている。

大上は苦笑いを浮かべた。

「そんとなもん、警察官の前で晒《さら》してからに。わしの立場がないじゃろうが」

晶子は我に返ったように目を丸くすると、くすくすと笑った。

「ほんまじゃね。ガミさんの言うとおりじゃ」

一之瀬は笑いながら、背広の裾を元に戻した。

「ここはひとつ、お目こぼしを――」

大上は晶子に声を張った。

「お代わりくれや。今日は飲みたい気分じゃ」

「はいはい」

晶子の酌を受け、グラスの冷酒をひと口で飲み干す。

美味い酒が、胃に染み渡った。

十章

「クインビー」は、今夜も暇だった。

このスタンドバーに通ってひと月になるが、ふたつあるボックス席が埋まっているところを、沖は見たことがない。

いまも、奥のボックス席に陣取る沖たちを除けば、カウンターにふたりの親父客がいるだけだ。

客の相手は、アルバイトの由貴がしていた。

由貴は現役女子大生を売りにしている。だが、本当の年齢が三十一だということは、三島から聞いていた。水商売は〝十年《とおねん》とってなんぼ〟の世界だが、化粧と店内の薄明かりで騙《だま》されている客は、少なくなかった。

カウンターの親父たちもその口で、さっきから下品な冗談を連発している。まだ男を知らない、という本人の言葉を半ば信じてからかっているらしいが、からかわれているのが自分たちだと知ったら、どんな顔をするか。想像すると、可笑《おか》しくて仕方ない。

焼酎《しょうちゅう》の水割りを口にしながら、沖は薄笑いを浮かべた。

「ねえ」

沖の隣にいるママの香澄が、ソファの端に座る元の頭を指で突《つつ》く。

「だいぶ、治ったんじゃない。顔色がようなったわ」

元は両手をあげ、包帯でぐるぐる巻きになっている頭を庇《かば》った。

「やめえや。明日ようやっと糸がとれるのに、また傷が開くじゃない」

瀬戸内連合会と夜の駐車場でやりあってから、十日が経つ。

ここ数日の酒の肴《さかな》は、やつらの無様な姿だった。特に親玉の失禁は、何度でも笑えた。

仇《かたき》を討ち佐子へ戻ると、元の姿はなかった。今日子が一生懸命手当てをしたが、頭からの出血が止まらず、病院へ担ぎ込まれていた。

検査の結果、頭の中身は無事だったが、頭皮の裂傷が激しく十針ほど縫うことになった。

手術をした医師からは、抜糸をするまで禁酒を命じられた。だが、酒好きの元が耐えられるはずはない。縫合の三日目から、焼酎をロックで飲んでいる。

元は本気で、痛み止めよりアルコールの方が鎮静作用がある、と信じている。どうせ大した傷ではない。沖は本人の好きにさせていた。

カウンターの奥にある厨房《ちゅうぼう》から、真紀が出てきた。沖たちのテーブルに器を置く。あん肝《きも》の煮つけだった。甘辛い醬油《しょうゆ》としょうがの香りが、空《す》きっ腹を刺激する。

真紀は沖と三島のあいだに座ると、うっとりとした目で沖を見た。

「やっぱり、よう似合《にお》うとる。うちが言うたとおりじゃろ。虎ちゃんにゃァ帽子がええ、いうて」

「ほうか？」

沖は白いパナマ帽を阿弥陀《あみだ》に被《かぶ》り直し、テーブルに置いてある焼酎のボトルを手に取った。目の高さまで持ち上げ、そのボトルに自分の頭部を映す。

被っているパナマ帽は、今日買ったばかりだ。昼間、ふたりでえびす通りを歩いているとき、デパートのショーウィンドウに飾られたこの帽子を、真紀が目ざとく見つけた。

「虎ちゃんに絶対、似合う！　ちょっと被ってみんさい」

真紀に引きずられるように店に入り、強引に被せられた。

店の鏡に映る沖を、真紀は手放しに褒めた。

「ほら、やっぱり！　惚《ほ》れ直すわ。ねえ、これ買いんさい！」

言われても、沖にはピンとこなかった。生まれてこの方、被ったことがあるのは野球帽だけだった。

だが、褒められていると、まんざらでもないと思えてくるから不思議だ。

決定打は店員の援護射撃だった。

「お客さまほどパナマ帽が似合う方は、そうそうおられんですよ」

沖は包装を断り、購入したばかりのパナマ帽を頭に載せて、店を出た。

沖が角度を変えながらボトルに映る自分の姿を眺めていると、元が訊《たず》ねた。

「それ、なんぼしたん？」

沖はボトルから目を離さずに答えた。

「これかァ、パチンコ屋のカスリの、五分の一くらいかのう」

元はピーナッツを口に運んでいた手を止めた。

「二万もしたんか！」

元がパナマ帽を、しげしげと眺める。

「わしも似た帽子を持っとるが、夜店で千円で買うたもんじゃ。どこが違うんかのう。ちょっと貸してくれや」

確かめようとする元の手を、沖は邪険にはらった。

「気安う触るな。汚れるじゃろうが」

元は口を尖《とが》らせた。

「わしが汚い、言うんか。こう見えても毎日、風呂《ふろ》入っとるんで！」

三島が笑いながら、話に割って入る。

「元よ、そんがあに力むと、また傷口が開くど」

さすがにそれは嫌なのだろう。元は沖に絡むのをやめて、大人しく引き下がった。

沖はボトルを置くと、焼酎の水割りを口に含んだ。口腔《こうこう》を洗うように舌で転がし、ごくりと飲み干す。

帽子に二万も払ったのは、自分に似合うと思ったから、という理由だけではない。今後、まとまった金が定期的に入る、という目算もあったからだ。

瀬戸内連合会を伸《いわ》した翌日、沖たちはパーラークラウンに顔を出した。やつらとは決着がついた。これからみかじめ料は呉寅会に払え、という沖に、店長は土下座して懇願した。

「勘弁してください。ここいらは笹貫組のシマですけ、瀬戸内連合会へ払わんとなれば、組のほうが黙っとらんです。そうしたらわしら、商売ができんようになりますけ」

沖が口を開く前に、昭二が怒声を張り上げた。

「なんじゃと、こら！」

手にしたダンベルを、店長の前に突き出す。

「じゃったら、いますぐ商売ができんようにしちゃろうか。これで台をぜんぶ壊しゃア、笹貫が出てくる前に、店は終《しま》いじゃ」

昭二の口調から、本気だと察したのだろう。台を壊されては、商売も糞《くそ》もない。店長は目に涙を浮かべ、ようやく肯《うなず》いた。

瀬戸内連合会から横取りしたパーラークラウンのみかじめ料は、月十万ということで話をつけた。あれから日が経つが、瀬戸内連合会はもちろん、笹貫組も動きを見せていない。

本来、シマのカスリは、組に直接入れるのが筋だ。いくら親玉の実兄が幹部に名を連ねているとはいえ、シマ内のカスリを暴走族が撥《は》ね、組が見逃しているのはおかしい。

黙認しているのは、瀬戸内連合会を下部組織として認定しているからだろう。いざ抗争となったら、百人の若い者が戦力に加わるのは大きい。たとえそれが、腰抜けのチンピラだとしても、枯れ木も山の賑《にぎ》わいだ。だから笹貫は、暴走族に飴《あめ》をしゃぶらせていたのだ。

瀬戸内連合会は、沖たちのことを笹貫組には報告していない、と沖は睨《にら》んでいた。自分たちがどこの馬の骨ともわからない者にボコられた、糞の役にも立たないボンクラだ、と自分の口で言えるはずがない。

笹貫が行動を起こさないのは、呉寅会と面倒を起こしたくないからではなく、単純に知らないからだ。そう考えなければ、笹貫が黙っている理由が摑《つか》めない。

水割りのグラスを手に考えに耽《ふけ》っていると、三島が沖に顔を近づけ、ぼそりと言った。

「そう言ャァ、例の覚《ぶ》せい剤《つ》、目処《めど》は立ったんか」

以前、多島港で五十子から奪ったシャブは、まだ捌《さば》いていなかった。手付かずのまま、沖だけが知っている場所に埋めてある。

ちまちま捌いていたら、すぐに足がつく。五十子会と殺《や》り合うのは望むところだが、いまはその時ではない。

沖は五十子と加古村を潰《つぶ》し、いずれ呉原を掌中に収めるつもりでいる。

時が来ればシャブを大口で捌き、その金で呉寅会を盤石にする。逸《はや》る気持ちを抑え、いまはひっそり牙《きば》を研ぐのが、賢明な選択だ。そう思っていた。

テーブルの煙草に手を伸ばした。口に咥《くわ》える。

三島の隣から、真紀がライターで火をつけた。

大きく煙を吐き出し、ソファの背にもたれる。

「関西《かんさい》に渡りをつけとるとこじゃ。いざというときすぐ捌けるよう、手は打っとる」

三島は沖の考えを理解している。いざというとき、のいざが、五十子と正面切って殺り合うときだということを、三島もわかっている。それでも、気が急《せ》くのだろう。ときどき、あのシャブは幻ではないと確かめるように、沖に訊ねてくる。

確認して安心したのだろう。三島は肯くと、それ以上なにも言わなかった。

酔いに任せてどうでもいい話をしていると、カウンターの客がチェックを頼んだ。時計を見ると、日付が変わっていた。昨日の疲れが残っている。

そろそろ帰るか、そう思ったとき、勘定をすませ出て行ったふたり連れと入れ替わりに、ひとりの男が入ってきた。

男の顔を見て、一瞬で沖は酔いが覚めた。

まわりからガミさんと呼ばれていた刑事——大上だ。喫茶店ブルーで会ったときと同じサングラスをかけている。

沖の目が動かないことに気づいたのだろう。三島と元が、沖の視線を追い、入り口を見やる。ふたりが同時に、中腰になった。頭ではなく身体が先に動いたのだろう。

沖たちを認め、大上が大袈裟《おおげさ》に驚く。親し気な笑みを浮かべて、沖たちのテーブルに近づいた。

「おお。めずらしいとこで会うのう。こんなら、ここにおったんか」

大上は断りもなく、向かいの一人掛けのソファにどっかりと腰を下ろした。

沖は隣にいる真紀に小声で訊ねた。

「よう来る客か」

真紀が耳元に口を寄せ、答える。

「いや。はじめて見る顔じゃね。虎ちゃん、知っとるん？」

隣の香澄を目の端で見やる。香澄も知らないのだろう。強引な客を不審げな目で見ている。

沖は真紀の問いに答えず、図々《ずうずう》しい刑事を睨みつけた。

「おい、ここはわしらのテーブルじゃ」

大上は沖を無視して、香澄に頼んだ。

「ママさん。ビールくれや。あとおしぼりも。おしぼりは熱《あ》っついやつ、頼むわ。あ、じゃがビールはよう冷えたやつでの」

つまらない冗談を飛ばし、大上は可笑しそうに笑った。

逆らわないほうがいいと思ったのだろう。香澄は無理に笑顔を作ると、カウンターのなかへ入っていった。

沖は大上に訊ねた。

「なんで、わしらがここにおるとわかったんじゃ」

大上は上着の内ポケットから煙草を取り出し、テーブルに置いた。

「偶然じゃ偶然。喉《のど》が渇いたけ、呑《の》み屋探しとったら、たまたまここに行きついてのう」

――狸《たぬき》が。

沖は心のなかで舌打ちをくれた。

よくもそんなわかり切った嘘を、抜け抜けとつけるものだ。この店は込み入った路地裏にある。たまたま立ち寄るわけがない。明らかに、自分たちの居場所を特定したうえでの行動だ。

しかし、どこから居場所が漏れたのか。

香澄が、おしぼりとビールを盆に載せて戻ってきた。

「どうぞ」

大上の前に置く。

「お、すまんのう」

大上はおしぼりで顔と首を拭《ふ》くと、香澄の酌でビールを一気に飲み干した。

「くー」

息を長く吐き出し唸《うな》ると、盛大なゲップをくれた。

「冷えたビールが、五臓六腑《ごぞうろっぷ》に沁《し》みるわい」

お代わりの酌をしながら、香澄はなにかに気づいたように小首を傾げた。

「もしかして、ガミさん？」

大上は意外な顔をした。

「なんなら、わしのこと知っちょるんか」

サングラスを外し、まじまじと香澄を見る。

香澄の顔が、ぱっと輝いた。

「やっぱりガミさんじゃわ。ほら、うちよ。カサブランカにおったエミリー」

大上は、おお、と声をあげた。

「エミリーちゃんか。十年ぶりじゃのう。別嬪《べっぴん》に磨きがかかっちょるもんじゃけ、気がつかんかったわい」

香澄は手の甲で口元を押さえると、色っぽく笑った。

「相変わらず、お世辞が上手《うま》いね。ガミさんは」

ふたりのやりとりを見ていた元が、横から口を挟んだ。

「ママさん、こいつと知り合いじゃったんの」

香澄は呆《あき》れたような目で元を見た。

「知り合いもなんも、広島で水商売しとってガミさん知らん人間は、おらんよね」

大上は沖たちを見渡しながら、香澄に言った。

「ついでじゃけ。この三人の色男、紹介してくれや」

香澄は意外そうに、大上と沖たちを交互に見た。

「知り合いじゃないん？」

沖は大上を睨みつけながら答えた。

「一度、喫茶店で会《お》うただけじゃ」

香澄は、ふうん、と鼻を鳴らした。

「そうじゃったん」

いきなり元が、怒鳴り声をあげた。

「名前なんか、どうでもええじゃろうが！　馴《な》れ馴《な》れしいんじゃ、おっさん！」

香澄の顔色が変わる。元を見やると語気を強めた。

「元ちゃん。黙りんさい！」

声に怒りが籠《こも》っている。こんな香澄を見るのははじめてだ。

香澄は、低い声で言った。

「この人はねえ、うちが昔、世話になった恩人じゃけ、そがあな文句垂《カバチた》れるんじゃったら、出入り禁止にするよ」

香澄の気迫に吞まれたのだろう。元は怯《ひる》んだように身体を硬くした。が、すぐいつもの表情に戻り、口を開きかける。

その元を、沖は手で制した。大上を睨みつける。

大上はビールを飲みながら、にやりと笑った。

「そがあな怖い顔するなや。袖《そで》すり合うも他生の縁、いうじゃろが。のう」

ふたりの様子から、因縁があると察したらしく、香澄は場を取り繕った。

「そうよ。他にお客さんもおらんし、もう看板下ろすけ、みんなで楽しゅう飲まんね」

香澄はカウンターにいる由貴を振り返った。

「看板の電気消して、あんたもこっち来て飲みんさい」

由貴は嬉《うれ》しそうに、はあい、と返事をすると、表に出ていった。

香澄が元に指示する。

「ほれ、テーブルくっつけるけ、あんたも手伝いんさい」

元が渋々、従う。隣のテーブルとソファを移動させた。三つのソファが、逆向きのコの字形に配置される。

入り口を背に大上、大上の左隣に香澄。向かい合う形で真ん中に沖、沖を挟んで右側に三島、左側に真紀が座った。壁を背にしたソファには、元が不貞腐《ふてくさ》れたように腰を下ろす。

表の置き看板を店のなかに入れ、由貴が戻ってきた。自分用のグラスとビール瓶を手に、大上の右隣に座る。

「由貴です。よろしく」

甘ったれた声で大上にくっつく由貴に、三島が苦い顔をした。三島は由貴と寝ている。

惚れているわけではないが、いい気はしないのだろう。

大上は由貴を上から下まで眺めた。

「おお、由貴ちゃんか。歳はなんぼじゃ」

由貴は科《しな》を作って、持ってきたビールを大上のグラスに注ぎ足した。

「今年で十九歳。現役の女子大生なんよ」

「ほう」

大上は感心したように声を上げた。

「十六くらいにしか見えんの。お肌がピチピチじゃ」

臆面《おくめん》もなく、見え透いた世辞を飛ばす。

女という生き物は、嘘とわかっていても、褒められれば嬉しいのだろう。由貴は満面の笑みで大上の腕を両手で抱え込んだ。サービスのつもりか、たいしてない胸を押しつける。

大上は注がれたビールに口をつけ、まじまじと由貴を見た。

「まあ、ほんまに十六じゃったら、風営法違反で引っぱらにゃァいけんがのう」

大上の高笑いが店内に響いた。

由貴が肩を窄《すぼ》めて舌を出す。

香澄は薄笑いを浮かべた。

「ガミさんはねえ、刑事さんなんよ。マル暴の」

由貴と真紀が真顔になる。香澄は慌てて言葉を付け加えた。

「ほじゃけんいうても、怖がることはないんよ。ほかのお巡りと違《ちご》うて、ガミさんは話がわかる人じゃけ。ヤクザとなんか揉めたら、この人に相談しんさい」

大上が、全員の顔を順に見やる。

「北署の大上じゃ。わしゃァ、女も男もいける口じゃけえ。困ったことがあったら言ってこい。悪いようにはせん」

——このクソ狸が。

沖は心のなかで吐き捨てた。面白くもない冗談を平然と並べ立てる大上に苛立《いらだ》つ。

再び元が、大上に嚙《か》みついた。

「のう、おっさん。悪いがわしら、男には興味がないんじゃ」

大上は斜《はす》に構えて元を見た。

「ほうか。残念じゃの。で——」と、香澄に目を向ける。

「この元気のええあんちゃんは、誰ない」

香澄は我に返った態《てい》で、着物の袷《あわせ》を整えた。

「ああ、ほうじゃったね。まだ紹介しとらんかった。この子は元ちゃん。こんとおり青びょうたんじゃけど、短気でね。すぐ頭に血がのぼる子なんよ」

大上は芝居がかって肯いた。

「なるほど。ほいで、頭に包帯巻いとるんか」

「なんじゃと！」

小馬鹿にされた元が、ソファから立ち上がった。

「元ちゃん！」

香澄が目で抑える。

ここで香澄に逆らったら、店に来られなくなる。元は顔を顰《しか》め、尻《しり》を戻した。

元が腰を下ろすと、香澄は紹介を続けた。向かいの沖に顎《あご》を向ける。

「あれが虎ちゃん。見た目もごついけど、中身もごついんよ。ねえ、真紀ちゃん」

下卑《げび》た冗談と受け取ったのか、真紀が顔を赤らめる。

「虎ちゃんはねえ、そこいらのヤクザより、よっぽど腹が据わっとる。で、隣におるんが三島ちゃん。あんまり愛想がようないけど、それがええ、いう女の子もおるんよ」

香澄はそう言うと、目の端で由貴を見た。由貴がすまし顔で目を逸《そ》らす。

大上がテーブルの上の煙草を手にすると、由貴は慣れた手つきで火をつけた。煙を吐き出しながら、得心した顔で言う。

「さしずめ、暴れん坊の三羽烏《さんばがらす》ちゅうところか」

馬鹿にしているのか褒めているのかわからない。この男といると、どうも調子が狂う。

「ところで元ちゃん」

大上が馴れ馴れしく名前を呼んだ。

「その包帯、どうしたんなら。喧嘩《けんか》か。もしそうじゃったら、被害届、出しんさい。わしが案配しちゃるけん。遠慮せんでもええ。人助けも仕事のうちじゃ。ついこのあいだも、つまらん言い合いで怪我した男が泣きついてきよってのう。被害届出させたんじゃが、相手いうんがろくでもない男でよ。弁護士が出しゃばってきて――」

どうでもいい話を、大上は続ける。

いつまでも腹の底を見せない大上に焦《じ》れたのだろう。苛立った声で、三島は大上の話を遮った。

「おっさん、男のおしゃべりは嫌われるで。さっさと用件言えや。わしらに用があったけん、ここへ来たんじゃろ」

大上は喉の奥で笑うと、三島の問いを無視して沖に目をやった。

「虎ちゃん、いうたかのう。こんな、ええもん被っとるのう」

大上は顎で、沖が被っているパナマ帽を指した。

この期《ご》に及んで、まだ三味線を弾くのか。大上の図太さに、むかっ腹が立ってくる。

大上は真面目な顔で立て続けに問いかけた。

「それ、どこで買うたん？　このあたりか？　高いんじゃろ？　なんぼしたん？」

明らかに面白がっている。

沖は乱暴に煙草を咥えると、先端を隣に向けた。真紀が慌ててライターで火をつける。

沖はわざと、テーブルを挟んで真正面にいる大上に、紫煙を吹きかけた。

「面倒くさい親父じゃのう。どうでもええじゃろ、そがなこと」

大上の目の色が変わった。面白がっている様子はそのままだが、眼球の奥に剣呑《けんのん》さが見て取れる。

反射的に腰を引きそうになる。が、耐えた。

無言だった大上が、低い笑い声をあげた。沖に向かって身を乗り出す。

「のう。それ、貸してくれんかのう」

買ったばかりのパナマ帽を、赤の他人になんで貸さなければいけないのか。

元は物覚えが悪い。さっき香澄に注意されたのにもかかわらず、また大上に向かって怒声を張った。

「われ、サツじゃけえいうて、舐《な》めた口利いとったら承知せんど！」

コケにされて、三島も黙っていられなかったのだろう。吸いかけの煙草を灰皿でもみ消すと、吸い殻を指で大上のほうに弾《はじ》いた。

「冗談もええ加減にしとけよ、おっさん！」

大上は三島が放った吸い殻をひょいとよけた。そのまま床に落ちる。由貴が急いで拾い、灰皿に捨てる。

「駄目か。じゃったら──」

上着の内ポケットからサングラスを取り出し、大上はゆっくりとかけた。間を取り、ドスの利いた声で言う。

「わしにくれや」

さきほどまで冗談口を利いていた客が、笑みを殺して凄《すご》む姿に、場が静まり返る。

沖は大上を睨《にら》んだ。

大上は喫茶店ブルーで、沖と横山のやり取りを見ている。あのとき沖は、横山がつけているロレックスを貸せと言い、断られて、くれと言った。沖のそのやり方を、再現しているのだ。

自分に喧嘩を売ったり、反抗したりするやつは大勢いたが、猿真似をする者ははじめてだった。

急に笑いがこみ上げてきた。止まらない。大声で笑い続ける。

大上を除く全員が、わけがわからず沖を見ている。

ひとしきり笑うと、真顔に戻り大上を見た。

「おもろいおっさんじゃのう。人に、それくれ、言うて取り上げるんはわしの得意技じゃが、逆ははじめてじゃ」

沖は頭に載せていたパナマ帽を脱ぐと、指先でくるりと回し、大上に差し出した。

「ええじゃろ。これ、おっさんにやるわ」

真紀が驚いたように沖の袖を引っ張る。自分が選んだ帽子を簡単に他人へ譲るのが、気に入らないのだろう。

元も呆れたように沖を見た。自分には指一本触れさせなかったのに、こんなおっさんになんでじゃ——目がそう言っている。

大上は意外そうな顔で、沖に確かめた。

「ほんまにええんか？」

肯く。

「虎ちゃん！」

横から真紀が語気を強めた。

「また、買《こ》うたらええ」

真紀が諦《あきら》めたように、舌打ちをくれる。

「ほうか」

大上の目から剣呑さが消えた。口角を上げる。

「若いのに、気前がええのう。じゃあ、遠慮のう——」

大上は沖からパナマ帽を受け取ると、阿弥陀に被った。横に座る香澄に訊ねる。

「どうじゃ。似合うか」

張り詰めた場の空気から、互いが気を許したわけではないと、香澄にはわかっているらしい。ぎごちない笑みを浮かべて肯いた。

「うん。よう似合《にお》うとる」

大上が真顔になる。沖を見ながら、女たちに言った。

「虎とちいと、込み入った話があるけん。こんなら、席を外してくれや」

女たちが素直に席を立つ。香澄はカウンターのスツールに座ると、真紀と由貴に言った。

「ふたりとも今日はもうええよ。お疲れさん」

「でも――」

沖と懇《ねんご》ろの真紀は、この場に残りたい様子だった。心配なのだろう。香澄はそれをさらりとかわした。

「男同士の話なんてつまらんよ。今日は帰って眠りんさい。寝不足はお肌に悪いけ」

優しい言葉遣いとは裏腹な厳しい口調に、真紀は諦めたように首を垂れた。そのままバッグを手に、店の裏から出ていく。由貴もあとに続いた。

女の子たちが帰ると、沖は大上を促した。

「で、なんなら話いうて」

ソファの背にもたれ、沖は煙草を咥えた。真紀が座っていた席に移った元が、さっとライターを差し出す。

大上も新しい煙草を咥え、自分で火をつけた。煙を吐き出しながら、口火を切る。

「虎よう。こんなァ、なんで広島へ流れて来とるんじゃ」

沖は自分でも視線がきつくなるのがわかった。広島に来た理由は、暴れすぎて、加古村や五十子から目をつけられたからだ。しばらく地元を離れていればほとぼりが冷める、そう考えていた。

呉原を離れた理由を話すということは、自分たちがしてきた悪事をこいつに知られることになる。

――嫌なやつだ。

沖は心のなかで舌打ちをくれた。

こいつは、どこを突けば蛇《じゃ》が出るかを知っている。表向きは能天気な態度を見せているが、頭は切れる。

沖たちが広島に来た理由も、もしかしたらすでに当たりをつけているのかもしれない。どこまで摑んでいるのか。

沖は大上の目をじっと見据えた。しかし、濃いレンズの奥にある瞳《ひとみ》は見えない。

目の端で、両隣にいる三島と元を見る。元は目をぎらつかせ、苛立たしげに膝《ひざ》を小刻みに揺らしている。三島は煙草を吹かしながら、平然とした顔で宙を見据えたままだ。ふたりとも、沖にすべてを委《ゆだ》ねているのだ。

沖は手元のグラスを持ち上げると、ぐるりと回してなかの氷を転がした。

「そがあなことか。わしらはのう、行きたいとこに行くし、やりたいことをやる。それがわしらのやり方じゃ」

ここで白を切ることで、鬼が出るか蛇《じゃ》が出るか。そんなことはわからない。事が起きたときはそのときだ。出たとこ勝負は、いままでもこれからも変わらない。

大上は煙草を指に挟んだままグラスを手にすると、沖を真似るようにグラスを揺らした。

「尾谷んとこの一之瀬、知っとるじゃろ」

呉原の不良で、一之瀬の存在を知らない者はいない。いまどきめずらしい、金筋《きんすじ》のヤクザと評判だ。顔を合わせたことはないが、沖も名前は知っている。

大上はグラス越しに、沖を見た。

「一之瀬がいうには、こんならァ、呉原じゃ相当、顔が売れとるらしいじゃないの。極道《イモ》も腰引く、いう噂で」

大上はグラスの中身をごくりと飲み込んだ。

グラスのなかで、氷がからんと音を立てる。

大上はグラスをテーブルに戻すと、同じ質問を繰り返した。

「居心地のええ呉原を離れて、広島へ出たんはなんでじゃ」

「おい、おっさん！」

怒りを抑えきれなかったのだろう。元が大きく割った膝を大上に向けた。

「もう答えたじゃろう。わしらはわしらの、好き勝手にしとるだけじゃ！」

三島も苛立ちが頂点に達しているらしく、火をつけていない咥え煙草を、せわしなく上下に揺らしている。

いまにも飛び掛からんばかりの怒気を発している三島と元を、沖は手で制した。余計な口を利いて、大上に付け入る隙を与えるのはまずい。

あえて、ゆったりした口調で言う。

「おっさん、やっぱり女にもてんじゃろう。女はおしゃべりな男を嫌がるが、しつこい男も、好かんのじゃ。わしらがどこにおろうが、あんたにゃァ関係ないじゃないの」

沖はここで凄みを利かせた。

「ええ加減にせいよ」

大上は余裕の表情で、沖の威嚇《いかく》を受け流した。自分で焼酎の水割りを作りながら、にやりと笑う。

「それがのう。そうもいかんのじゃ」

沖は眉を顰《ひそ》めた。

――この親父、いったいなにを摑んでいる。

三島も元も、じっと大上の出方を待っている。口を利く者はだれもいない。有線から流れるジャズの音だけが、響いている。

沈黙を破ったのは大上だった。独り言のように、言葉を紡《つむ》ぐ。

「いまから三年ほど前に、五十子んところのシャブが誰かに攫《さら》われた。怪我人も出た、いう話じゃ。同じ頃、五十子の若頭《わかがしら》、浅沼真治の舎弟、竹内博が姿を消しちょる。それからほどなく、呉原で暴れん坊で有名だったあんちゃんたちが、広島へ拠点を移した。去年の六月に笹貫の賭場《とば》が荒らされたが、それは、あんちゃんたちが広島へ出てきたあとじゃ」

大上はテーブルに身を乗り出すと、沖に顔を近づけた。

「のう、面白い話じゃ、思わんか」

沖は口に手を当てた。顎を擦《さす》り、考えをまとめる。

五十子のシャブを強奪したのも、笹貫の賭場を荒らしたのも自分たちだ。それを裏付ける、確度の高い情報を握っているのか。それともカマをかけているのか。もし情報を入手しているとすれば、どこから漏れたのか。

沖は大上の心中を探るように、大上に視線を据えた。薄暗い照明の下で、サングラスの奥の目が笑っているように見える。

いずれにせよ、大上が自分たちを疑っていることは間違いない。

沖は大上の質問に、質問で返した。

「あんた、訊《き》いてばかりじゃが、こっちの質問に答えとらんじゃないの。なんでわしらがここにおるんがわかったんじゃ」

大上が口角を上げる。

「わしんとこへはのう、いろんな伝手《つて》から情報が入ってくる。煙草屋のばあちゃんから、八百屋のおっちゃんから、それこそ極道の金バッジから、のう。蛇《じゃ》の道は蛇《へび》よ」

沖は根元まで吸った煙草を灰皿に押し付け、すぐさま新しい煙草を咥えた。横から元が火をつける。ソファの背にもたれていた三島は、いつのまにか前のめりで、事の成り行きを見詰めていた。

沖は盛大に煙を吐き出すと、ソファに背を預けた。

「ほうの。じゃったら、わしらにも情報をくれんか。大口のシャブの取引とか、強盗《タタキ》に入りやすい賭場が立つ日とか――」

束の間、大上は沖を見据えていたが、やがて大きな声で笑いだした。

「なにが可笑しいんじゃ！」

馬鹿にされたと思ったらしく、元は顔を真っ赤にして立ち上がった。元のシャツの裾《すそ》を摑み、力ずくで座らせる。

「大人しゅうしとれ言うとるじゃろう。ほんまに傷が開くど。それとも、わしに開いてもらいたいんか」

沖は元を睨んだ。苛立っているのはこっちも同じだ。

元がぶるっと身を震わせて、ソファに尻を戻した。

「わかっとる、わかっとるよ、沖ちゃん。ちいとかっとなっただけじゃけ。沖ちゃんの言うとおり大人しゅうしとるよ」

大上は喉の奥でいつまでも笑っている。乗り出していた身をもとに戻すと、笑い疲れたように、溜《た》め息をついた。

「こんなら、ほんま、おもろいやっちゃのう。これ貰《もろ》うたけん、今日のところは見逃したる」

これ、と言いながら、大上は自分の頭に載せているパナマ帽の鍔《つば》を、指で弾いた。

二万円の帽子で見逃してもらうことが高いのか安いのか、よくわからない。どちらにせよ、今夜はもうこいつに付き合わなくていい。そう思うと清々した。

沖がふっと息を抜くと同時に、大上は真顔になった。真っ向から見据えて、沖に言う。

「笹貫んところじゃのう、賭場荒らしの犯人は、だいたい目星をつけとるそうじゃ。五十子も、同じじゃ。シャブをかっさらったやつを地獄の果てまで追いかける、言うとるげな」

大上は、声を低くした。

「このままでおったら、こんなら、山に埋められるか、海に沈められるど」

辛抱の糸が切れたのか、それまで黙っていた三島が啖呵《たんか》を切った。

「上等じゃない。喧嘩じゃったらなんぼでも買《こ》うちゃる！」

大上は、ぎらりとした目で三島をねめつけた。

「馬鹿たれ！」

香澄がぎょっとした顔で、スツールから立ち上がった。心配そうにこちらを見ている。

激しい一喝に、三島も元も固まっている。認めたくはないが、沖も瞬時、息を呑んだ。

大上は冷静な声に戻り、沖たちを交互に見た。

「笹貫の上にゃァ、綿船がおるんで。広島じゅうの極道を敵に回して、勝てる思うちょるんか。悪いことは言わんけん、しばらく身をかわせいや」

三島と元は互いに顔を見合わせると、ここは任せる、というように沖を見た。

沖は、さっきから感じている一番の疑問を口にした。

「あんた。なんでわしらに忠告してくれるんない」

どこの馬の骨ともわからんやつらなど、どうなってもいいはずだ。

大上はサングラスを外すと、眉間《みけん》に皺《しわ》を寄せた。

「こんなら、なんで堅気《かたぎ》にゃァ手を出さんのじゃ」

意外な問いに、沖は戸惑った。

「わしが知るかぎり、こんならァ堅気にだけは手を出しちょらん。こんならが歯向こうとるんは、薄汚い極道だけじゃ。なんでじゃ」

沖は言葉に詰まった。大上の言うとおり、いままで堅気に手をあげたことはない。悪さをしている堅気を目にしたことは幾度もあるが、自分たちに火の粉が降りかからない限り無視してきた。

なぜ堅気には手を出さないのか――考えてみたが、自分でもよくわからない。

大上は眉間の皺を解《ほど》くと、再びサングラスをかけた。

「わしゃァのう、堅気に手ェ出すやつは許さん。極道だけじゃない。愚連隊《ぐれんたい》や暴走族も、じゃ。まあ、そいつらは大概、極道にケツ持ちしてもろうとる。こんなら、一本でやっとるそうじゃない。極道や不良に喧嘩売りまくって――ええ根性しとる。根性があるやつが、わしは好きでのう」

大上がソファから立ち上がった。沖を見下ろして言う。

「わしの仕事はのう。堅気に迷惑かける外道《げどう》を潰すことじゃ。そういうことよ」

大上は上着の内ポケットから財布を取り出すと、なかから万札を一枚抜き出しテーブルに放った。

「このあいだは初対面じゃったけん、挨拶《あいさつ》代わりにわしが奢《おご》ったが、これからは割り勘じゃ。顔馴染みじゃけんのう」

大上は笑いながら出口へ向かうと、ドアの手前で香澄を振り返った。

「エミリーちゃん。騒がせたのう。また来るわい」

少し、戸惑うような間があった。が、香澄はすぐに愛想笑いを顔に浮かべた。

「え、ええ。ガミさんならいつでも大歓迎じゃけ。また来てね」

大上は片手をあげると、店から出ていった。

十一章

大上は根元まで吸った煙草を路面に落とすと、つま先で揉《も》み消した。足元に四、五本の吸い殻が散らばっている。すべて大上が吸ったものだ。

大上は路地の角から、少し離れた場所にある横断歩道を見つめた。

青信号の交差点を、車が何台も行きかっている。駅から離れた商店街にあるこのあたりの道路は、さほど広くない。だが、夕暮れ時のこの時間、交通量は多かった。

道路の両側には、信号が変わるのを待っている通行人がいる。

大上は自分の腕時計を見た。午後六時三十分。

信号が赤に変わる。歩行者が道路を横断しはじめた。ひとりひとりに目を凝らす。

大上が狙っている人物の姿はない。

歩行者用の信号が点滅し、赤になった。再び車が走り出す。

大上は上着の内ポケットから新しい煙草を取り出した。部下がいればすぐに火を差し出してくれるのだが、今日はひとりだ。自分で煙草に火をつける。

本来、刑事は二人ひと組で行動をする。そのほうが、突発的な事態にも俊敏な対応ができるし、身の安全を高めることができる。また、聞き取りの場合はダブルチェックになるし、不正の防止にもなる。だが、大上は単独行動を許されていた。


三日前、大上は飯島係長に、嘘の報告をした。

五十子が覚せい剤の取引をするという情報を自分が飼っているエスから仕入れた、というものだ。取引額はおよそ二億。事の真偽を確かめるためひとりで行動したい、と飯島に頼んだ。

エスは刑事の財産だ。同僚といえども正体を明かすことはできない。刑事の心得だった。そこを強調した。点数に目がくらんだ飯島は、二つ返事で単独捜査を許可した。

その足で大上は呉原に向かった。沖の実家を訪ね、一之瀬と沖に会い、翌日、広島に戻った。時刻は昼前になっていた。

首を長くして待っていたのだろう。大上が二課に入るなり、飯島は廊下へ連れ出した。ひと気のない廊下の突き当たりに行くと、誰もいないことを確認し、大上に訊《たず》ねた。

「ご苦労じゃったのう。で、例の件はどうじゃった」

五十子が覚せい剤の大口取引をするという、嘘の案件だ。

二億の覚せい剤――この取引現場を押さえれば、大手柄で出世の道が開け、飯島は前途洋々たる警察官人生が約束される。

　飯島は鼻息を荒くしながら、大上の答えを待っている。

　大上は笑い出しそうになるのを堪《こら》えて、真面目な顔で飯島を見た。

「係長。どうやら当たりくさいですよ」

「ほんまか！」

　飯島の目が輝く。

「わしが見たとこ、エスが口から出まかせ言うとる感じはせんでした。ありゃァ、ガセじゃとは思えんです」

「ほうか、ほんまか」

　飯島は腕組みをした。すでに大上を見ていない。宙を見つめる飯島の目に映っているのは、警視のバッジをつけた自分の幻か。

「よし、いますぐ専属班を立ち上げて――」

　意気込む飯島を、大上は止めた。

「待ってください。この案件はかなりでかい。情報提供者本人は、自分の口から漏れたと知れたら命はないと、ようわかっとります。今回の情報を仕入れたんは、その男と付き合いが長い、わしのエスです。ふたりは刑務所時代からのポン友です。じゃが、情報提供者はかなりびびっとって、エスにも詳しいことを言わんのです。ポン友にも言わんことを、なんぼ紹介じゃいうて、一度や二度会《お》うただけの人間に話さんですよ。もちぃと時間をかけて、信頼関係を築かんと――」

飯島は大上の話を遮った。

「そがあな悠長なこと言うとる場合か。犯罪の速やかな防止が、警察の役目じゃ。ぼやぼやしとって余所《よそ》に先を越されたら――」

そこまで言って、飯島は我に返ったように口を噤《つぐ》んだ。バツが悪そうにそっぽを向く。

つい本音が出たのだ。飯島が取引の話を刑事部屋でしなかった理由は、誰かの耳に入り、手柄を横取りされたくなかったからだ。

大上は胸糞《むなくそ》が悪くなった。

飯島が点数を欲しがるからではない。飯島の態度に、腹が立った。手柄を立てて出世したいのは誰もが同じだろう。だが飯島は、自分にはそんなさもしい根性はない、と聖人君子ぶる。そこが気に入らなかった。

大上は気を静めて、飯島の肩を叩《たた》いた。

「係長、落ち着いてください。確かにわしァ、当たりくさい、言いました。じゃが、当たり、とは言うとらんです」

飯島の眉間《みけん》の皺《しわ》が、さらに深くなる。

駄目を押した。

「ここで騒いで、情報がガセじゃったら、恥かくんは係長ですよ。それでもええんですか」

飯島は拗《す》ねた子供のように、口を尖《とが》らせた。

「そりゃァ、そうじゃが……」

飯島は俯《うつむ》いていた顔をあげると、大上を見た。怒ったように言う。

「これはわしらが摑《つか》んだ情報じゃ。麻薬取締官《マトリ》にでも横取りされたら、腹の虫が治まらん」

わしらという言い方に、大上は心のなかで苦笑した。

机にふんぞり返り、部下の手柄を横取りしようとしているボンクラに、相棒のような呼ばれ方などされたくない。

虫唾《むしず》が走った。

「のう、お前もそう思うじゃろう」

詰め寄ってくる飯島から、大上は一歩退いた。ズボンのポケットに両手を入れ、あたりに人がいないかと確かめる。

「わしに考えがありますけ」

距離を、また飯島が詰める。

「考えいうて、なんなら」

大上は懐《ふところ》から煙草を取り出し、一本抜いた。灰皿がないここでは吸えない。

手のなかで転がす。

「探りを入れる糸口は摑みました。もう少し、情報提供者にええ思いさせて、ちいとずつ網を手繰り寄せるつもりです。やつがわしを信用すれば、今回の手柄、半分は手に入れたようなもんです。そこでひとつ頼みがあるんですが」

話に聞き入っていた飯島は、気が急《せ》くあまり言葉に詰まりながら訊《き》き返した。

「な、なんじゃ。言うてみい」

「もうしばらく、ひとりで内偵を続けさせてもらえんですか」

飯島は腕を組んで険しい顔をした。

単独行動は緊急時における一時的な対応で、長期にわたり行うものではない。長くなればなるほど、捜査員に危険が伴う。それに、単独行動を許可するには、上席の決裁がいる。

上席に取引の話をすれば、自分の手柄を横取りされかねない。適当な理由をつけて判子を押させるしかないのだが、いい理由が思いつかないのだろう。飯島は一点を見つめたまま動かない。

大上は鼻の頭を掻《か》くと、小声だが力強く言った。

「心配せんでください。係長の悪いようにはせんですけ」

飯島は半信半疑といった表情で口を開けた。念を押すように訊く。

「ほんまに、大丈夫なんか」

大上は飯島の背中を軽く叩いた。

「係長はなァんも考えんでええです。課長にはなんじゃかんじゃ誤魔化しときゃァええんです。あとはわしが上手《うも》うやりますけ」

自分に害は及ばない、そう思ったのだろう。強張《こわば》っていた飯島の顔が崩れた。大きく肯《うなず》く。

「わかった。上には適当に言うとくけん。くれぐれもヘタァうつなよ」

――くれぐれもヘタァうつなよ。

大上は込み上げてくる笑いを堪えた。

上司なら部下の身を案じ、くれぐれも危ない橋は渡るなよ――そう言うべきだろう。

この男には、出世と保身しかない。部下など持ち駒のひとつとしか見ていないのだ。

もっとも、大上も、たいていの上司をハサミくらいにしか思っていないからお互い様だ。馬鹿とハサミは使いよう。せいぜい利用させてもらう。

単独行動の裁可さえ得られれば用はない。

大上は会釈をすると、手のなかで転がしていた煙草を咥《くわ》え、その場から立ち去った。

再び信号が赤になり、車が停まった。待っていた人々が、道路を渡りはじめる。

歩行者用の信号が点滅し、赤に変わろうとしたとき、小走りに道路を横切る女が目に入った。

大上は吸いかけの煙草を側溝に投げ捨てると、急いで女に駆け寄った。道路を渡り切るのと同時に、走り出した車がすぐ後ろを掠《かす》めていく。

何事もなかったかのように歩き出す女に、大上は背後から声をかけた。

「真紀ちゃん、あんたクインビーの真紀ちゃんじゃないの」

女が振り返る。間違いない、沖の女、真紀だ。

真紀が沖の女だという証拠はない。だが、店での沖と真紀を見ていれば、ふたりが出来ていることは一目瞭然《りょうぜん》だった。沖はさほどでもないが、真紀は沖にぞっこんだ。沖を見つめる真紀の目には、惚《ほ》れた女が持つ特有の潤みがあった。

大上が張っていた交差点は、クインビーがある路地へ続いていた。路地はコンコン通りと呼ばれている。道の脇に古いお稲荷《いなり》さんがあるからだ。

コンコン通りの造りは巾着《きんちゃく》形になっていて、出入り口となっているアーチ状の看板をくぐると、なかは細かい路地が入り組んでいる。

大上は夕方の五時半から、コンコン通りの出入り口を見張っていた。真紀と偶然を装って出会うためだ。店の前で待っていては偶然にならない。ママや同僚の目もある。真紀にはどうしても聞きたいことがあった。

水商売の女が出勤するのは、たいがい店が開く一時間ほど前――六時から七時のあいだだ。念のため、少し早めに大上は張り込んでいた。

いきなり現れた昨夜の刑事に、真紀は身構えるようにシャネルのバッグを両手で抱きかかえた。口紅を塗った真っ赤な唇がへの字に曲がる。

「どうも」

形ばかりの会釈をする。

真紀は口紅と同じ色のワンピースを着ていた。大上は精一杯の世辞を言う。

「よう似合《にお》うとるじゃないの。テレビで見るモデルにも負けとらんわい」

客のあしらいに慣れているのだろう。真紀も世辞で返す。

「お客さんもその帽子、よう似合うとりますよ」

真紀は、大上が被《かぶ》っているパナマ帽を顎《あご》で指した。昨日、沖から手に入れたものだ。

大上は鍔《つば》に手を添えて、笑みを浮かべた。

「気前のええ虎ちゃんのおかげじゃ。ありゃァそのうち、大物になるで」

大上の軽口を無視して、真紀は訊ねた。

「うちを待っとったんでしょ。なんの用ですか」

大上は心外だとばかりに、声をあげた。

「おいおい。待ち伏せしとったわけじゃないで。ただの偶然じゃ」

真紀はじろりと大上を見た。

「うち、長《なご》うこの道使《つこ》うとるけど、お客さんを見かけたこと一度もないわ。昨日と今日、ふつか続けて偶然の出会いなんて、安いポルノ映画でも使わんわ」

頭の軽い姉ちゃんかと思っていたが、案外そうでもないらしい。

香澄を通して真紀の住所を訊き出し、直接、部屋を訪ねてみようかとも思ったが、待ち伏せのほうで正解だった。部屋を訪ねれば、もっと警戒され、知りたい情報を入手できなかった可能性が高い。

大上は懐から煙草を取り出し、耳に挟んだ。

「まあ、偶然じゃなかったとしてもよ。そっちに悪い話じゃないけ。ちぃと時間をくれや」

真紀はわざとらしく、自分の腕時計を見た。

「時間に遅れるとママが煩《うるさ》いけ、またにしてください」

真紀が踵《きびす》を返し、大上に背を向ける。

大上は真紀の前に回り込み、立ちはだかった。

「おっと。ママにゃァ、わしから話を通しとく。なァんも心配せんでええ」

大上の強引さに、真紀は少したじろいだようだった。

大上は腰を屈《かが》めて真紀の顔を下から見やると、声を潜めた。

「虎ちゃんたちと揉めた不良がのう、仕返ししちゃる、いうて騒いどるらしいんじゃ」

真紀の顔色が変わった。

「それ、ほんまですか」

大きく肯く。

「おお、本当じゃ」

当てずっぽうだった。

元は頭に包帯を巻いていた。揉め事があったことに間違いはない。相手が極道なら、自分のところになんらかの情報が入る。入っていないということは、相手はそこらの不良か愚連隊《ぐれんたい》だろう。そう当たりをつけた。

真紀の顔が青ざめていく。いくら沖たちが強いとはいえ、騙《だま》し討ちにあったり、大勢で殴り込《カチコミ》みをかけられたりしたら、無傷ではすまない。その不安が頭を過《よぎ》るのだろう。

押し黙ったままの真紀に、大上は優しく声をかけた。

「虎ちゃんにゃァ、わしも借りができたけん。喧嘩《けんか》相手に牽制《クンロク》かまして、騒ぎが治まるよう、案配しちゃる。じゃけえ、ちいと話をきかしてくれや」

さきほどまで仇《かたき》を見るようだった真紀の目が、いまは救いを求めるそれになっている。

すっかりしおらしくなった真紀は、泣きそうな顔で言った。

「沖ちゃんを、守ってくれるん？」

唇を舐《な》める。目尻《めじり》を下げて言った。

「おお、あんたが大好きな沖ちゃんを、わしが守っちゃる」

大上は真紀を連れて、近くの喫茶店に向かって歩き出した。

喫茶店で大上はアイスコーヒーを頼み、真紀は大量の甘いものを注文した。

生クリームがたっぷりのったホットケーキとフルーツパフェ、飲み物はアイスてんこ盛りのクリームソーダだ。

テーブルの上に並べられた品を見ながら、これだけの量を本当に食えるのか、と思ったが、大上の疑問をよそに真紀はあっという間に平らげた。

大上も甘いものは食べる。特に疲れているときは、無性に欲しくなる。だが、食べたとしても少量だ。大概の女は甘いものが好きだが、それでも真紀は特別なのだろう。

喫茶店には一時間ほどいた。

店を出て真紀と別れた大上は、近くの煙草屋でハイライトを買った。最後の一本を呑《の》んだのは三十分ほど前だ。これほどニコチンを切らしたのはいつ以来か。自問しなから煙草に火をつけ、大きく吸い込む。

真紀の喰《く》いっぷりを思い出すと胃が気持ち悪くなるが、収穫はあった。

自分が惚れている男の身に危険が迫っていると聞いた真紀は、大上の質問に素直に答えた。

真紀が語ったところによると、沖とはいまからひと月前に店で知り合った。いまでは週に二回は店に顔を出す。そのときはたいてい真紀の部屋へ泊まっていくが、どこに塒《ねぐら》があるか知らない。店に来るときは、沖と三島、元の三人、いつも一緒だ。三島は同じ店で働いている由貴とできている。元の女性関係は知らないが、おそらく女がいるのだろう。三人とも広島に親しい知人はいないらしく、どこへいくにも一緒に行動していると聞いている。そんなことを、スプーンでクリームを口に運びながら話した。

多くは大上が知っている情報だったが、新しく摑んだものもあった。

沖たちの溜《た》まり場だ。

駅前大通りから横に入った裏路地にある「佐子」というホルモン屋――かつて大上もよく顔を出していた店だ。安くてボリュームがあり、金がない若い時分は、だいぶ通った。しかし、最近は歳のせいか、酒を飲む量が増えたせいか、脂っこいものが胃にもたれるようになり、ご無沙汰《ぶさた》している。

佐子は戦後の混乱期に開店し、以来、ずっとホルモン専門の店を続けている。店を開いた亭主は、喧嘩で負った傷が原因で、四十過ぎで死んだと聞いた。その後、妻が店を切り盛りした。それがいまの女将《おかみ》だ。

名前は金田《かねだ》米子《よねこ》。古希は過ぎているはずだ。人を容易に信用しないのは、生まれ持った性格なのか、人一倍、苦労が多かったのか。だが、一度顔見知りになれば懐は深く、多少の無理も聞いてくれる。

広島に出てきて間もない沖たちが、よく佐子に入り込めたものだと思う。沖には、どこか人を惹《ひ》きつける魅力がある。カリスマ性といってもいい。それは大上も感じていた。

真紀と別れた喫茶店から佐子までは、そう遠くない。ゆっくり歩いても二十分ほどだ。

行き交う車のテールランプが灯《とも》りはじめた。夕暮れの街を、大上は佐子に向かった。

煮染めたような暖簾《のれん》をくぐると、カウンターのなかにいる米子が目だけで入ってきた大上を見た。

客はいない。壁の上にずらりと並んだ品書きの張り紙も、昔のままだ。店の暖簾同様、色褪せている。

以前、指定席だったカウンターの隅に大上は座った。

パナマ帽にサングラスという出で立ちに、米子の顔があからさまに険しくなった。下を向いて、包丁を動かしはじめる。

「悪いがあんたはお断りじゃ。うちはその筋の人間は入れん」

大上は米子を見ながら、サングラスを指で鼻先まで下ろした。

「おばちゃん。しばらく会わんあいだに、老眼が進んだんか？」

声を覚えていたのだろう。米子は目を丸くして顔をあげると、目の前の大上をまじまじと見つめた。

「ありゃあ、ガミさんじゃなあの！　どこの筋者《すじもん》かと思うたわ。少し見んあいだに、貫禄《かんろく》がついたのう」

大上はサングラスを外し胸ポケットにしまうと、苦笑した。

「筋者はないじゃろう、筋者は」

米子は昔と変わらず、豪快に笑う。

「警察も極道も、似たり寄ったりじゃろうが」

ふたりの笑い声が聞こえたのだろう。店の奥から若い女が顔を出した。

「なに？　お客さん？」

女は、英語のロゴが入ったTシャツを身に着け、ホットパンツを穿《は》いている。雰囲気はまるで違うが、整った顔立ちがどことなく清子を思い出させる。

清子に似た女は大上と米子を交互に見た。

「ずいぶん楽しそうね。おばちゃんの知り合い？」

米子は笑いながら答えた。

「昔の男じゃ」

女が白い歯を見せて笑う。

「また出た。この店にくる男のお客さんは、みんなおばちゃんの昔の彼氏じゃもんね」

女はカウンターから出てきて、大上におしぼりを渡した。パナマ帽を外し、顔を拭《ふ》きながら女を眺める。

「別嬪《べっぴん》さんじゃのう。アルバイトか」

褒められることに慣れているのか、女は大上の誉め言葉は無視して答えた。

「おばちゃんの妹の孫。今日子いいます。よろしく」

どこからみても胡散臭《うさんくさ》い大上に、物おじせずに口を利く。肝《きも》が据わっているところは大伯母《おおおば》譲りか。

今日子は入り口のそばにあるガラス製の冷蔵庫の戸を開けた。

「なんにされます？」

「ビールじゃ。一番冷えとるやつ、頼むわ」

今日子はなかから缶ビールを取り出すと、大上の前に置いた。

「グラスは」

「このままでええ」

プルタブを引き上げ、冷えたビールを喉《のど》の奥に流し込む。

「ガミさん、モツはどうする」

米子が訊ねた。焼きか天ぷらか、聞いているのだ。

「久しぶりじゃけ、名物の天ぷら、貰《もら》おうかの」

米子がカウンターの向こうから、お通しの広島菜の漬物を出した。箸《はし》をつけながら大上はさりげなさを装い訊ねた。

「ところでよう。最近、この店で喧嘩があったげなのう」

米子は手を動かしながら答える。

「誰が言うたん。喧嘩なんかありゃァせんが。ここんとこ、大人しゅうもんじゃ」

大上は素早く、頭を回転させた。

元は頭に包帯を巻いていた。頭部を縫うような怪我を負ったことは間違いない。米子が嘘をつく理由はない。店で喧嘩があったら、あったと言うはずだ。ということは、店は無関係か、もしくは——。

大上はカマをかけた。

「わしが耳にした話じゃと、血だらけの若い兄ちゃんが担ぎ込まれたそうじゃない。

見た者がおってじゃ」

もし、元の包帯と店になんらかの関係があるとしたら、筋書きはこれしかない。

米子は呆《あき》れと感心が入り混じったように笑った。

「相変わらず、よう知っとるね。地獄耳のガミ、言われるだけあるわ」

思ったとおりだ。

大上はビールの残りをひと息で飲み干した。

「もう一本、頼む」

テーブルの椅子に座っていた今日子が、冷蔵庫から缶ビールを取り出しカウンターに置いた。天井近くの壁の隅に備え付けられたテレビでは、カープと巨人の対戦が放映されている。今日子は試合に夢中で、テレビを見詰めていた。

「その兄ちゃん、どこで揉めたんなら」

米子は天ぷら鍋《なべ》を置いているガスコンロに火をつけた。

「あそこのパチンコ屋じゃ、いうとったが」

あそこ、と言いながら、店の向かい側に顎を振る。あのあたりにあるパチンコ屋といえば、パーラークラウンしかない。

「相手は」

続けて大上が訊ねる。

米子は即座に答えた。

「よう知らんが、揃いの特攻服着とったいうてじゃけ、そこいらの暴走族じゃないんかいのう」

野球を見ていた今日子が、後ろを振り返り米子に厳しい口調で言った。

「おばちゃん、そん人に軽々しく教えてえええん？　余計なことしゃべりやがってって、その暴走族から逆恨みされたら大変じゃが」

米子は切ったモツを天ぷら衣にくぐらせながら、今日子をきつい目で見た。

「あんた、子供んときからうちを見とってからに、なんもわかっとらんね」

米子は熱くなった天ぷら油に、投げ込むようにモツを入れた。

音を立てて、油が跳ねる。

「客商売やっとると、嫌でも人を見る目が肥えてくる。ガミさんは、柄は悪いけど、堅気《かたぎ》を困らせたり、難儀《いたしゅう》になるようなことはせん。あんたも男見る目養わんと、つまらんやつにひっかかるよ」

「ふうん」

今日子はいまひとつ信じられないといった様子で大上を見ると、野球観戦に戻った。

「ほい、できたで」

揚げたばかりの天ぷらを、米子が皿に載せて大上に差し出す。

板の上で、ひと口大に切る。

「お、これこれ。懐かしいのう」

大上は皿を受け取ると、側に置いてある小型の出刃を手にした。目の前にあるまな板の上で、ひと口大に切る。

口に入れると、じわっとホルモン特有の旨味が広がった。

「やっぱりここのホルモンは、日本一じゃ」

嘘ではない。佐子のホルモンは、どこの部位でも臭みがない。新鮮だから、揚げても焼いても美味《うま》い。

困るのは、固まりで出てくるので、ひと口大に切っても嚙《か》み切るのに往生することだ。口の中で何度も咀嚼《そしゃく》し、ビールと一緒に呑み込む。

ビールとホルモンを胃袋に流し込みながら、沖たちに関してそれとなく探りを入れる。が、パーラークラウンで揉めた以外の情報は得られなかった。

大上はホルモンを半分ほど残して席を立った。

「ごちそうさん、また来るわい」

数年前なら平らげたが、やはりこの歳では脂がきつい。

いつのまにか、今日子が後ろに立っていた。

「二千八百円です」

大上は財布から三千円出すと、今日子に渡した。

「釣りはいらん。菓子でも買うてくれ」

子ども扱いされたことが気に入らなかったのだろう。今日子は頬を膨らませると、ぷいっと大上に背を向けた。

米子がカウンターのなかから大上に言う。

「今日子はあんたが気に入ったみたいじゃ。また顔見せに来んさいや」

いまのやり取りで、どうしてそう思うのか、大上にはわからない。わからないまま、大上は佐子を後にした。

外に出ると、大上は咥え煙草でパーラークラウンに向かった。

紫煙を吐きながら考える。

沖たちが誰と揉めたのかは、パチンコ店の店員に訊けばわかるだろう。

そのあと、沖をどう使うか——大上の頭のなかに、具体的なアイデアがあるわけではなかった。が、情報は集められるだけ集めるに越したことはない。世の中で、いくらあっても邪魔にならないのは、銭と情報だけだ。

大上の横を、赤子をおんぶした女が通り過ぎた。

機嫌が悪いらしく、赤子は火が付いたように泣いている。

大上はふたりを振り返った。

女は背中で赤子を揺らしながら、とぼとぼと遠ざかっていく。

大上は赤子の泣き声が聞こえなくなるまで、ふたりを見ていた。

なにげなく、上空を見た。月は、どす黒い雲で隠れている。

そうだ。世の中、銭と情報を持つ者が勝つのだ。銭で情報が手に入り、情報を売ることで銭が入る。そのふたつを巧みに操ることが、生き残る術《すべ》だ。

根元まで煙草を吸い、煙を吐き出した。見上げた空を、紫煙がよぎる。

——かつての自分に銭と情報があれば、清子と秀一を救えた。

大上は首を下ろすと、路上に煙草を投げ捨てた。足で揉み消す。

背後を振り返った。

人ごみに紛れたのか、女と赤子の姿はない。

大上はパナマ帽を被り直すと、パーラークラウンに足を向けた。


（下巻へ続く）

本書は、二〇二〇年三月に小社より刊行された単行本を加筆修正し、上下に分冊のうえ、文庫化したものです。

本書は、フィクションであり、実在の個人・団体とはいっさい関係ありません。

暴虎《ぼうこ》の牙《きば》　上

柚月裕子《ゆづきゆうこ》

令和５年 １月25日　初版発行

発行者●山下直久

発行●株式会社KADOKAWA
〒102-8177　東京都千代田区富士見2-13-3
電話　0570-002-301（ナビダイヤル）

角川文庫 23495

印刷所●株式会社暁印刷
製本所●本間製本株式会社

表紙画●和田三造

ISBN 978-4-04-112756-8　C0193

◇◇◇

角川文庫発刊に際して

角　川　源　義

第二次世界大戦の敗北は、軍事力の敗北であった以上に、私たちの若い文化力の敗退であった。私たちの文化が戦争に対して如何に無力であり、単なるあだ花に過ぎなかったかを、私たちは身を以て体験し痛感した。西洋近代文化の摂取にとって、明治以後八十年の歳月は決して短かすぎたとは言えない。にもかかわらず、近代文化の伝統を確立し、自由な批判と柔軟な良識に富む文化層として自らを形成することに私たちは失敗して来た。そしてこれは、各層への文化の普及滲透を任務とする出版人の責任でもあった。

一九四五年以来、私たちは再び振出しに戻り、第一歩から踏み出すことを余儀なくされた。これは大きな不幸ではあるが、反面、これまでの混沌・未熟・歪曲の中にあった我が国の文化に秩序と確たる基礎を齎らすためには絶好の機会でもある。角川書店は、このような祖国の文化的危機にあたり、微力をも顧みず再建の礎石たるべき抱負と決意とをもって出発したが、ここに創立以来の念願を果すべく角川文庫を発刊する。これまで刊行されたあらゆる全集叢書文庫類の長所と短所とを検討し、古今東西の不朽の典籍を、良心的編集のもとに、廉価に、そして書架にふさわしい美本として、多くのひとびとに提供しようとする。しかし私たちは徒らに百科全書的な知識のジレッタントを作ることを目的とせず、あくまで祖国の文化に秩序と再建への道を示し、この文庫を角川書店の栄ある事業として、今後永久に継続発展せしめ、学芸と教養との殿堂として大成せんことを期したい。多くの読書子の愛情ある忠言と支持とによって、この希望と抱負とを完遂せしめられんことを願う。

一九四九年五月三日